竹を食う

~私の身近の偉人たち~

小杉山 基昭

郁朋社

竹を食う――私の身近の偉人たち――／目次

一章　竹を食う　――私の身近の偉人たち――

二章　アンソロジー

三章　私の俳句理論

四章　私の俳句遍歴

一章　竹を食う

――私の身近の偉人たち――

糖尿病治療薬を作る

修士課程で二年間一緒だった掘越大能氏は、新しい糖尿病治療を作るために、七十歳を過ぎて新規の事業を起業した。大した冒険心である。

「薬はまだ前臨床試験の段階に移ったばかりで、これから薬になるまでが長い道のりになる。成功するか否かは分からないが、成功すれば、一千億円以上の売り上げが期待できる事業になる」と語ってくれた。頼もしい。

掘越氏と私との関係をごく簡単に交えながら、事業の概要と氏の経歴を紹介したい。

「ほりこし」と検索すれば普通には「堀越」と出てくるので、まず名前の由来から質問させてもらった。氏の先祖は江戸時代、武蔵の国の武州本川俣村の名主であった。今から三百年前、徳川幕府の天領開発の一環として、利根川流域の灌漑用水路となる葛西用水の工事が本川俣村から始まった。その工事を請け負い功績があったので、忍藩《おしはん》から名字帯刀を許された一族だという。掘越の名字はほとんど親戚だそうだ。

名前の「大能」は「ひろよし」である。大きな能力をもった人と読め、なんともいい名前である。その名のとおりの、でかい事業を立ち上げたものだ。

氏は昭和四十一年に東京農工大学獣医学科を卒業し、同年東京大学大学院農学系研究科修士課程獣医学専攻に進み、昭和四十三年に修了。氏はさらに博士課程へ進学した。私は、同研究科修士課程畜産学専攻に在籍した同期生だった。専攻は違っていたが、学部教育では獣医と畜産は一本の学科だったので、異なる専攻を出たという意識はなかった。謝恩会の際に一緒に撮った写真もある。

氏は、博士課程に進んだあと、昭和四十四年から四十六年までアメリカワシントン大学で研究した。その後また博士課程に復帰し、四十八年に修了、農学博士となった。同年三共製薬株式会社（現在、第一三共株式会社）に入社し、平成二十一年に定年退社した。

氏と私は、どこか馬が合い、卒業後も年賀状や氏が在米中にはクリスマスカードのやり取りを続けてきて、現在に至っている。私が昭和五十年から五十一年にかけてアメリカに留学したときにも、あちらでの生活、ことに研究面について、いくつもの助言をもらった。それが大いに役立ったことは、いい思い出になっている。

第一三共で氏は糖尿病薬の研究に携わり、「ノスカール」の開発に成功した。『通販生活』プレゼント本と銘打たれた『ハンディ判早分かり医者のくすり』（主婦の友社刊、平成十二年）が手元にある。それに載っていて、治療薬であったことが分かる。

ただ、劇症肝炎などの重大な副作用が起こる旨の記載もあった。そして実際にその副作用で医薬品としては売れなくなった。今は試薬としてのみ販売されているという。

退職してから氏は、リベンジを試みることになる。化学合成専門の友人とＬＬＰ（有限責任事業組合）を設立し、新たな糖尿病薬の開発に乗り出した。

ＬＬＰは、自営業者同士が集まって事業を行う時、期限を切ってつくる協同組合に似た組織である。氏の組合は二人で役割分担し、友人は化合物を合成し、氏が動物試験や売り込みなどを担当することにした。期限は十年とした。

氏は第一三共のアメリカ研究所の所長を勤め、またアメリカ、ヨーロッパをまたにかけて活躍していて、海外に知人が多かった。その経歴を生かして動物への投与実験をバッキンガム大学の教授に頼むことができた。この基礎実験に三年かかったが、国際特許を日本の特許庁に日本語で提出することができた。友人の薬品合成者、バッキンガム大学教授、氏の三人の名前で特許が認められた。

アメリカやヨーロッパで国際特許を取るには、翻訳しなくてはならない。それには大きな費用がかかる。できれば翻訳をする前に、特許を売りたいものだ。

ここでも氏の経歴が生かされて、この特許をカナダの投資家が購入してくれた。ただ、翻訳代については、やはり氏らが払うとの契約であった。日本語特許の文書は数百ページにも及ぶ。特許事務所に問い合わせたら、十万ドル近い金額だと言われた。

しかしともかく英語で、国際特許を提出し終わった。翻訳は氏の培ってきた人脈のおかげで、かなり安価にやってもらった。

ところでここまでの費用であるが、すべてＬＬＰの共同事業者と氏の二人の持ち出しである。有り余る退職金等で運営してきたわけではないので正直不安はあるが、一千億円の成果を夢見ているからできた。

その成果、私もぜひとも見てみたい。そして氏を、再度ご紹介しようと考えている。

ノスカールの販売中止について

（『架け橋』No.10　平成26年）

古くからの友人がその開発に係わったノスカールという糖尿病治療薬があった。手元にある『２０００年　早分かり医者のくすり』（主婦の友社刊、２０００年）には、「トログリタゾン」という名前で説明されている。そこには劇症肝炎などの重大な副作用が起こることがあり、肝機能検査や医師の指導を受けるよう警告されている。

ノスカールは薬品名で、トログリタゾンは一般名だと「ノスカールの開発裏話」（吉岡孝雄・藤田岳、有機合成化学協会誌第56巻第2号、１９９８）にあるが、友人から最初に聞いた名前のノスカールを用いる。

ノスカールは、糖尿病治療薬として使われていたが、副作用の肝障害で死亡する事故が起こったために、今では治療薬としては販売されていない。２０００年3月22日にメーカーが販売中止し自主回収した。先の『医師のくすり』は、訂正が間に合わなかったのだろう。

開発に係わった友人は、定年退職後、ノスカールに代わる新しい糖尿病治療薬の開発に自分の友人や知り合いと取り組んだ。リベンジである。退職後だから開発費用は自弁である。その取材の結果は、すでに同人誌『架け橋』に公開してある。氏は現在はその結果を持っているところだと思うが、取材していた時に、ネットでノスカールを検索すればたくさんヒットするはずだと言われた。「ノスカールの開発裏話」もそうして得たものの一つである。

販売中止になったことを残念に思っているだろう氏に、その経緯を直接聞くのはしのびなく、ネットでたくさんヒットするという氏の言葉にしたがい、経緯を検索することにした。したがって本文に何らかの間違いや不都合があれば、責任はすべて私にある。ネット上の情報を正確に取り込むことができなかったか、間違って引用したことになる。それをまずお断りする。

ノスカールが販売中止にいたるまでに、薬品の効果や副作用に関して、突き詰めた議論が行われなかったわけではない。ネットから見つけた『医薬ジャーナル』２０００年5月号に沼田稔氏が「ノスカールの販売中止の背景―米国消費者団体とマスメディアの過渡的社会現象―」と題してこう述べている。

　３月22日付で2型糖尿病治療薬「ノスカール」が販売中止になったことはせっかくの画期的薬剤だけに、誠に残念と言わざるを得ない。この問題については、３月岐阜市で開催された日本薬学界１２０年会のシンポジウム「ＥＢＭ（Evidence-Based Medicine）の今後の展開」（本号42頁参照）においても議論の対象となった。

『On-line 糖尿病ウォッチャー』の更新日２００８―０９―０7とあるホームページの「ニュース検証

「Troglitazone（ノスカール）の3年間」という記事にも、アメリカで、「安全性について糖尿病医療界を二分して、16ヶ月にわたって白熱の議論が続いた」と書かれている。

薬を服用しその結果、死亡するということが一例でもあれば、治療薬としては不適切であるという考え方もあると思う。しかし薬に副作用はついてくる。抗がん剤を飲めば、頭髪が抜けるのは、多くの人が知るところである。それを承知で服用するわけである。

ただ、死亡事故が起こる場合は別格だというのは分かるし、ノスカールの副作用で死亡した症例が多数あることも確かである。その一方で糖尿病も死にいたる病である。医療界はそれらを秤にかけて十分検討したことは、以上の文献から分かる。

しかし一方で、前者がSummaryの中で次のように述べている。

ノスカールの販売中止問題については医科学としての議論とは別に、ここでもうひとつ見逃してならないことに、米国における消費者団体やマスメディアによる副作用過剰反応とその行動ということがある。〔途中一部略〕。わが国におけるノスカール販売中止の背景には、米国におけるこうした一連の動きがあることも、事態を正確に把握するために承知しておく必要があるだろう。

沼田稔氏は医薬分野で仕事をしている方であろう。だからずいぶん抑えて書いていると私には感じられた。私は、これを読んで、逆に、アメリカのマスメディアや消費者団体の副作用に対する過剰反応が販売中止になった主因だろうという確信を持った。

この話はどこかで見たように私には思われた。日本の原発に対する過剰反応にどこか似たものが、認められるのではないか。

2011年の福島第一原発の事故を見た後では、過剰反応するなというのは無理かもしれない。しかしそれにしても「危ない危ない、だから原発稼動反対」としか言わない反応は、やはり過剰反応ではなかろうか。

世に絶対安全なものなど一つもない。自動車に事故はつきものである。誰もが言うことだが、「事故が起こるから車は絶対使うな」とは言わないではないか。絶対反対はなにものをも生まない。原発行政がそうだったのではなかろうか。絶対反対です、絶対安全です、という問答からは、どうやったらどれくらい安全になるか、という発想は出てこない。

車の例では、安全ではないから、どうしたら安全を担保できるか、という観点で、さまざまな工夫がなされている。障害物があったら自動で止まるシステムの開発も進んでいる。衝突した場合の衝撃をどうやわらげるか、といった対策も取られている。しかるに絶対安全を標榜していた原発は、危険度の推定をしてこなかったらしい。そして、原発稼動絶対反対の一点張りの運動家が国会を取り巻いたりした。ノスカールの場合とどこか似ている気がするのである。

原発事故後の避難生活にも多少似た事態がある。『週刊新潮』2015年8月6日号の「がんの練習帳」（中川恵一）では、事故後の避難生活を過剰反応だとしていることが分かる。放射線被曝〔被ばくの文字が使われているが、漢字表記にした〕は、他の生活習慣の中のリスクに埋没してしまう程度であり、逆に4年半にわたる「長期移住」の結果、肥満、高血圧、糖尿病、脂質代謝異常などが明らかに増えているという。

ノスカールの場合、過剰反応の結果は開発会社の損害だけですんだと言えるかもしれない。もちろんわが友人はダメージを受けたに違いないが、リベンジする力を持っていた。しかし、原発を再稼動しないまま過ぎることや、避難生活をさらに続けることのリスクはどう考えればいいのだろうか。

（『健康文化』第50号　２０１５年）

竹を食う

発端は今年の年賀状である。佐野孝志氏がこう書いてきた。

東大の中でも色々な先生と巡り会い、電子顕微鏡や粉末二次破砕機（竹粉末を食品活用のために１５０ミクロンから30ミクロンにする）も使えるようになり竹粉の活用も農業畜産から食品へと新たな可能性に挑戦し始めています。

竹は害草だと聞いていた。その竹を食ってしまおうという発想がすばらしいと感じた私は、会ってぜひお話を聞きたいと考えた。害草と書いたのは、そのような言葉があるとは思えないが、害獣からの連想である。

佐野氏とは、大学の同窓で東京大学弓術部で4年間一緒に練習した仲である。氏は農業工学科へ、私は畜産獣医学科へ進学したが、同じ農学部に進んだこともあり、年賀状のやりとりを続けてきた。

本文は「竹を食う」と題し、「竹粉」が話の主体だが、このすばらしい事業を始めた氏について、生い立ちや経歴、私との関係なども述べたい。

ところで、私は氏に多少借りがあった。

私の父は昭和44年に三菱電機（株）を定年退職し、2年間の嘱託勤めの後、神田通信機（株）に再就職した。その会社が全額出資して、リョウシン事務機（株）という三菱電機のオフィスコンピューター「メルコム」を販売する会社を昭和50年に設立した。三菱電機出身だった父が初代の社長に就任した。

佐野氏は昭和41年に「キャタピラー三菱（株）」に入社してから、氏の言葉を借りれば、「三菱重工・キャタピラー社の日米合弁企業に40年勤務して日米のギャップをなんとかこなし……」てきた。

私は、三菱の名の付いた会社だから三菱電機のメルコムを買ってくれるだろうと考え、父に佐野氏に会うことを勧めた。実際に父は氏と面会し、私はそれなりに面目をほどこすことができた。ただ、そのときの商談は成立しなかった。すでに別途、三菱系列からの購入先があるとのことであった。

4月10日（火）は、東京は快晴ではなかったが、寒くはなく桜がほぼ満開に近かった。神田錦町の学士会館で10時に落ち合った。

氏との会話はキャタピラー三菱から始まった。日米の合弁企業で昭和38年に設立された。キャタピラー社はアメリカでトップ30に入る会社で、イリノイ州ピオリア市に本拠地がある。

キャタピラー三菱は、ブルドーザーを主体に作ってきていたが、昭和61年に「新キャタピラー三菱（株）」と社名変更してから、バックホー（油圧シャベル）になった。氏は技術畑で入社したが順調に出世し、平成12年に大赤字の関連販売会社「西関東キャタピラー三菱建機販売（株）」（西関東販社）社長に就任し、売り上げが低迷しているこの社の経営立て直しを託された。その結果、関連販売会社中トップの売り上げを達成するまでに回復させた。そして平成15年に新キャタピラー三菱へ上席執行役員として復職し、翌年には常務取締役となり、18年に退職した。

氏が竹に興味を持ったのは、西関東販社に移ってからのことである。赤字解消のため販売拡大を試みた。竹粉はその一つであった。つまり竹粉は農業に効果があるので、農家に販売提供して喜ばれるようにもっていき、結果として建機を買うときはキャタピラーから買ってもらうという戦略であった。竹粉販売のかたわらM社（株）製の竹粉製造機の販売も手掛けるようになった。この機器は西関東販社在籍中に約40台売った。

竹の害は本機を販売し始めるとすぐ認識したという。その後、社団法人日本有機資源協会の会員になって活動していたが、退職後は逆にこちらの仕事が主体になり、現在に至っている。

ちなみに私が受け取った氏の名刺は4種類あり、それらの肩書は次のとおりである。

①社団法人日本有機資源協会理事

②ＮＰＯグリーンネットワーク理事長

③（株）グリーンネット・エンジニアリング代表取締役
④東京大学大学院生命科学研究科研究員

氏はもともと機械が専門であった。それでM社の竹粉製造機の欠点がすぐに分かった。しかしM社は、改良する気がまったくなかったので、自分で設計製造した。その結果が冒頭の年賀状になるのである。

氏の製作した竹粉製造機の特徴は、竹の維管束の孔を破砕しないで粉砕できることである。電子顕微鏡では多孔質の断面が見られる。その孔に乳酸菌が住み着いていて、その乳酸菌がいろいろな効果をもたらすのだという。

氏の生い立ちに少しふれたい。

私たちは戦中に生まれた世代で、氏も私も昭和17年生まれである。そのうえ氏などは12月8日生まれだ。この日は日本軍が真珠湾を攻撃した日付である。アメリカ人はこの日についてよく教えられているらしく、日本人に対してこの日がくると必ず難癖をつけてくる。氏は誕生日にからめて、日米合弁企業勤務の間、議論を吹っかけられたことがおそらくかなりあるに違いない。

私も1年間だけアメリカに暮らしたことがあり、その日の前後に私のカウンターパートから日米戦争について意見を求められた。私たち日本人はほとんど授業で教わっていない。当時は自分での勉強もしていなかった。しかも英語での議論である。何も言えず黙っていたことを覚えている。

氏は、墨田区の近くの東陽町で生まれた。東陽町は江東区で墨田区の隣りである。確かに墨田区に近い。だが、なぜ氏が東陽町を墨田区に近いとわざわざ枕詞をつけたのかは聞きそびれた。スカイツリーのできた墨田区の近くだと言いたかったのだと想像した。

その辺りは深川界隈である。昭和20年3月10日、東京大空襲を受けた地帯だ。きょうだい7人と両親の9人がまとまって逃げまどった。だれかが「そっちへ行っちゃだめだ」と大声で叫んでくれた。反対方向へ逃げて家族全員が助かった。それがなかったら、今こうして話している自分はいない。叫んでくれた人がだれだったかは分からないそうだ。

その後、1週間ほどご母堂の郷里の群馬県安中市で過ごしてから、父君の郷里の大分県の国東《くにさき》半島へ行く。そこで小学校3年まで過ごした。小学校に上がるころからは覚えているという。こういったことは私なども同様で、小学校以前の記憶はほとんどない。

8人きょうだいの下から2番目で、下の妹さんは、昭和21年4月に生まれた。生まれたときには、父君はすでに亡くなられていた。父親のいない父の田舎での生活で母は苦労したろうと、感謝の気持ちを「68才のラブレター」に書いている。その最後の一節だけをそっくり引用させていただく。


時が経つほど存在感が増してきます。お袋よ有難う。

天国の母親への感謝状をもって、遅まきながらのラブレターとします。


小学校3年の夏、東京都中野区鷺宮に戻って暮らすことになった。父君が買っておいたアパートである。氏が中学に行くときには、上のきょうだいが働き始めていたので高田外語に行かせてもらった。大学受験では浪人もさせてくれた。外語で学んだこともあり、英語は5を通した。高校は都立武蔵丘高校である。

私も、実は中学2年の8月から杉並区阿佐谷に暮らしたから、高校は同じ学区であった。武蔵丘高校には同級生が何人も行っている。特色をもった生徒が多かった。数学頭とうわさした同級生がいた。それらの同級生には佐野氏の知り合いも多いだろうと思う。

昭和41年に東大農学部農業工業科を卒業すると同時に、キャタピラー三菱に入社したことはすでに書いたが、農業工学科では機械を専攻し、半分以上の講義は工学部で受けたという。機械に詳しいからこそ、M社の竹粉製造機の欠点がすぐに分かったのである。

竹はタケノコが商品であるが、それが今は中国産にとって代わられた。これまでタケノコを採取することで竹の旺盛な繁殖性を制御してきた。しかしそれが商売にならなくなって放置され、竹が旺盛な繁殖力ではびこりだした。その結果、人の体が入る透き間のある竹林が見られなくなってしまった。雑草化したのである。多くの土地で繁茂した竹林に手を焼いている。氏は竹が目についたら、数年して周囲の木々を駆逐してしまうと言っている。

氏の機械は直径8から18センチで4メートルの長さの竹を4分で300ミクロンのパウダー（粉末）にできる。しかも多孔質の小さな穴が残り、その中に乳酸菌が生存していることに特徴がある。

乳酸菌は、播磨屋林業（株）のホームページ（http://harimaya1953.jp/ibuki.html）では、このように書かれている（筆者要約）。

「乳酸菌は、土壌改良剤として使用すると土中の微生物を活性化させ、有害微生物を抑制する。飼料として家畜に食べさせると整腸作用により病気をしにくくさせる」。

そこで竹粉を畑にまいたり、家畜に食わせているが、効果はある。畑では反あたり50キログラムまいて収量が増えた。ただ1キロ300円で売っているので反あたり15,000円になり、これでは農家は採算が取れない。キロあたり200円を目指している。

畜産では配合飼料に3パーセントの割合で混ぜているが、BES（牛海綿状脳症）で値が下がっている時期に、この粉を混ぜた飼料で育てた牛は20パーセントほど高く売れた。特殊飼料として届け出ており、製造所の認可もある。

竹粉が商売になれば、タケノコが売れなくなったことから竹は打ち捨てられているので、原料は無尽蔵だ。いいことずくめである。今後は食品への利用を計画している。

その食品であるが、例えば淡竹屋《はちくや》（M社のアンテナショップだと思われる）で、「竹の粉」が、食品として75グラム2,700円で売られている。

その成分は、90パーセント以上が難消化性の食物繊維であり、ほかにプロリン、アラニン、リジンなどのコラーゲン成分やミネラル、ビタミンなどを含む（筆者要約）、と淡竹屋のホームページ（http://www2.bbweb-arena.com/hachiku3/NEWhachikuya/hatiku%20faibar.html）にある。なお、この「竹の粉」は、淡竹《はちく》という種類から作った製品で、氏が目指している孟宗竹とは別のものである。

一方、氏は女子栄養大学の先生に依頼して、パンなどへの竹粉添加を検討しているが、新しい食品の可能性があるといういい結果を得ているし、ペットフードへの添加なども追及している。

（『健康文化』第47号　2012年）

孤高の日本語教師

日本語教師とは、日本語を母国語としない人、つまり日本に住み日本語に堪能でない外国人や海外で日本に来る目的などで日本語を学ぼうとする人に、日本語を教える人を指す。そしてこの場合「日本語」は普通には「にほんご」と発音する。また多くは日本における諸習慣などについても教える必要がある。

これから紹介する石田哲也氏は、一九四三年六月十五日生まれで、私より一歳年下である。氏と私は、高田馬場にある「千駄ヶ谷日本語教育研究所」で、二〇〇八年七月十五日から日本語教師養成講座の六か月コースの授業を受けた同期生である。しかし、正確には入学して三か月だけの同期生である。氏は、六か月コースをそのまま修了し、ただちに日本語教師になったが、私は九か月コースにくら替えしたので修了時期は一緒ではない。さらに、私は修了後日本語教師にならないで過ごしてきた。

氏の日本語教師に対する情熱がとにかく半端なものでなかったことは、就活時の売り込みの話や、また就職してからは国内だけでなく中国、タイと教えてまわり、ついに今年三月には七十歳を過ぎてなお中国での勤務に挑戦したことで理解してもらえよう。

「孤高の日本語教師」としたのは、孤独で超然としているからではない。いかにも風貌は超然としているが、類い稀な高い理想をもって日本語教師の仕事に専念していたからだ。修行を積んだ高僧のごとき風貌なので、ほかにいい言葉を見つけられなかったのである。むしろ孤独とは逆で、人との交わりが好きで、さらにそれがとてもこまやかである。学生の全幅の信頼を得ているに違いない。

私は氏の日本語教師に対する情熱を知りたく思い、今年、中国へ再渡航準備中の一日をさいてもらいお話を聞いた。

まず経歴をたずねた。

一九六七年三月に慶應義塾大学商学部を卒業した。学部の特徴について、公認会計士の合格者数が全国一であり、そのことが入学受験生に強くアピールしているのだとさりげなく述べた。卒業と同時に「日本政策金融公庫」に就職した。

ここを二〇〇三年に、定年まで少し残して退職すると、四月から鍼灸学校に入学し、三年間通った。二〇〇六年四月に国家資格を取得、同年六月から翌一月まで新橋の治療院で修業し、二月からは鍼灸師の資格で「医療マッサージ」を続けた。それを続けながら、日本語教師の学校に通った。

学校に通っている間も、患者さんの家へ行き治療しているとよく話していた。治療院を持っていないということであった。私などは、学校の授業だけで精一杯であったから、その後に治療に携わっているというのを、信じられない思いで聞いていた。学校を卒業すると同時に、二〇〇九年一月から新大久保にある日本語学校で教師を始めた。

就職するときの面接ではかなりがんばったようである。経歴が確かなところであることをしっかりと説明して採用されるにいたったという。大学も勤務先も超一流だから、留学生はそれらを十分評価して授業を聞くに違いない。関連して、日本語教師養成学校の入学案内には書かれていないが、大卒がどうも必要らしい。高卒の人が日本語教師の資格を得ても、就職に当たって採用されないとのことである。

日本語学校には二〇一二年六月まで勤めた。その間も医療マッサージに従事していたのだから、たくましいものである。

その後はさらにたくましいことに海外で教えている。もっともご本人は仕事を楽しくこなしているに過ぎないのであろう。学生と連れ立って旅行したときのメールをしばしば送ってくれたが、それには学生と一緒に撮影した記念写真が添付されていることがあった。写真の中の満足そうな氏の顔を見れば、そのことがよく分かる。

海外勤務は、二〇一二年七月から翌年四月まで、中国の広西省桂林市で定年まで勤め、同年四月から今年二月までタイ、そして三月からは、中国の蘇州で教職についている。その三月からの勤務は、一時ベトナムに決まっていたものをキャンセルして中国に行くことを決めたもので、氏は、中国の人に教えることをとくに希望している。中国における日中戦争に関する史跡などを見学したり、中国の作家についても調べていたりするので、日中関係に興味があるのだろう。

日本語教師としての授業を拝見していないのが残念であるが、事前の準備に十分時間をかけ、日本での生活面への注意点などにも言及する、きめ細やかな授業に違いない。

(『詩歌句十年の華』２０１５年　詩歌句協会刊)

福島県は長生きランドになる

古くからの友人が、退職にあたっての挨拶状をくださり、日本薬学会の会誌に退職記念総説として「誤った直線閾値なしモデルの頑迷な適用による膨大な人的、社会的、経済的な損失」を投稿し出版されたとあった。また、米国のＮｏｖａ社から、福島の原発事故に関する本も、編・著で出版したともあった。

それらの結論は、放射線が限りなく有害という説は根拠のない捏造で、低線量では有害どころか有益であり、放射線への恐怖心こそ危険だというメッセージである、とのことであった。昨年の11月のことである。

ご本人も今後ともこのことを伝えていきたいと述べているが、発表したものは専門家が読むものである。氏の日本薬学会の会誌に載せた総説の趣旨を、私は同人誌の仲間や巷間に広く伝えられないかと、氏にはとくに伝えることなく機会を待っていた。

友人の説は正しいと考えていたからである。そしてありがたいことに『健康文化』第51号からの執筆の機会を与えられたので利用させてもらう。もちろん氏の了解は得てある。

話のとっかかりとして氏の略歴と私との関係を述べる。氏は昭和17年8月11日に神奈川県横須賀市に生まれ、茨城県結城市に育ち、茨城県立下妻第一高等学校を卒業した。昭和37年に東京大学理科Ⅱ類に入学し、目黒区駒場にある教養部に通った。教養部ではこの年に発足したロシア語履修のクラスに所属した。私はここで氏と一緒のクラスで、だから私もロシア語を履修した。同い年生まれで、同じような学歴で進んできた。

氏は応援部で活躍し、私は弓術部に入った。東大は教養部の成績と本人の希望とで、文京区本郷などにある専門学部への進学が振り分けられる。氏は希望者の殺到する薬学部へ進学した。私は、農学部の畜産獣医学科に進学した。ここからしばらく二人の進路が違っていたので、出会いはなかった。

氏の略歴は、概略次のとおりである。年月は分かる範囲で記入した。

昭和43年に東京大学薬学部修士課程を修了し、塩野義製薬（株）、（株）野村総合研究所、（株）野村生物科学研究所、伊藤ハム中央研究所、経済産業省産業技術総合研究所を経て、平成15年から就実大学薬学部教授に就任し、平成27年に定年退職、同大学名誉教授となった。この間の野村生物科学研究所時代の昭和56～57年には米国City of Hope研究所大野乾研究室に留学し、伊藤ハム中央研究所時代の昭和63年にはＪＩＣＡ専門家としてタイ国で技術指導し、平成15年～20年には（株）ｉＧＥＮＥ代表取締役社長を勤めた。

学位は早くに昭和49年2月27日に薬学博士を東京大学から授与されている。資格は薬剤師、第一種放射線取扱主任者を有する。

私は、昭和63年の11月に茨城大学農学部に助教授として勤務するようになった。その後、家畜繁殖学関係の研究会で氏に偶然再会した。氏は、伊藤ハム中央研究所時代で、茨城県守谷市の研究所で牛の受精卵の雌雄判別の新しい方法を開発していた。私は茨城県阿見町にある大学で大学院生の研究指導にあたっていた。氏からは大学院生への指導について、いろいろの助力、助言をいただいた。

総説は、2015年発行の「薬学雑誌」135巻11号の1197ページから1211ページに報告されたものである。この総説は研究者向けの研究論文であるから、典拠にのっとりグラフなどを使い論理的に書かれている。しかし本文は、研究者以外の方々にお読みいただきたいので、文章だけで紹介する。

放射線の量（線量）とその効果については線量が高いと有害であるが、低いと細胞が増殖したり寿命が延びたり発がん率が低下したりという有益な反応が見られる。これはホルシミスと呼ばれ、両者の境目に閾値が認定できる。閾値は「いきち」と読む。線量と効果のあいだに閾値もホルミシスも想定しない直線関係がなりたつとする考えを「直線閾値なしモデル（閾値なしモデル）」といい、これによれば、放射線はどんなに微量でも有害であるとされてきた。

ここまでが長すぎる前置きである。

本総説の結論は「1．はじめに」に五点に分けてまとめられている。この五点さえ転記すれば、実は本文の目的も叶うのであるが、俗な言葉で言えばそれではあまりにぶっきらぼうというものである。だから五点のうち、総説の骨格をなすと私が考えた三点を取り上げ、私が理解できる言葉でまとめる。

一番目は、放射線規制の基礎となっている閾値なしモデルは、データに基づかない60年前の仮説の踏襲である。

二番目は、被爆者のがん死の生涯調査で、線量とがん死の関係は、閾値なしモデルを支持しない。

三番目は、放射線には、ホルミシスがあり、ある程度の被爆はかえって有益である。

それぞれについて詳しく説明する。

閾値なしモデルが採用される端緒となったのはMuller（マラー）である。マラーは１９２７年にX線をショウジョウバエに照射し突然変異を起こさせ、１９４６年にノーベル賞を受けた。１９４５年の広島・長崎への原爆投下が、圧倒的破壊力で人々を恐れさせ、また放射線への恐怖をも起こさせた。マラーは翌年ノーベル賞を受けた。

ノーベル賞受賞講演で、マラーは閾値なしモデルを主張した。それをNew York Timesやマラーの仲間の遺伝学者たちが墨守して今日に至っている。須藤氏はそれを次のような二つの言葉で述べている。

「ノーベル賞受賞者として閾値を退け、閾値なしを宣言したからには、閾値なしを死守する必要がある」

「閾値なしモデルは約60年を経て、幾多の反証や知見が蓄積されているが、墨守され、厖大な迷惑と損失の元凶となっている」

閾値なしモデルの反証や知見が、本総説には紹介されているが、人に関する例で私がいい例だと感じたのは、先に二番目として挙げたがん死のうちの白血病による死亡である。

白血病は、潜伏期間が3～8年と短く、数年でピークに達するので、放射線による発がんを比較的素直に反映する。被爆から死亡までの生涯調査がほぼ完結した白血病は、生存者が42％残っている固形がんの場合にくらべ信頼が置ける。氏は、そのデータを引用し、閾値は1Sv（シーベルト、放射線量の単位で、これについては後述する）弱のところにあり、またホルミシスも見られるとしている。左記である。

広島における被爆者の1950〜1957年の8年間の白血病死の結果を解析した成績を引用して述べている。白血病の死亡率と線量（mSv、mSvはSvの1／1000の単位）の関係について20mSvの線量のところで対照、これは原爆のあとに3〜10㎞の市内に入った人の白血病の死亡率であるが、その値よりも低くなっている。これがホルミシスにあたる。閾値なしモデルでは、死亡率は直線的に右上がりとなるはずだが、実際はJ字型の曲線を示すので閾値なしモデルは成立しない。死亡率と線量との関係のJ字型の曲線と対照とが交差する1Sv弱のところに閾値が生じる。

以上で結論と私が述べたところの説明はすんでいるが、氏がさらにホルミシスについてさまざまの例を挙げているので、その中でも私が根拠としていい例になると考えた例のうち、人と高等動物の例を紹介する。

一つめは、広島における固形がん死が、原爆のあとに広島市内3〜10㎞に入市した対照の人のがんの死の方が、原爆に関係のない山村のがん死より低いことである。

二つめは医療用放射線である。日本人は医療用放射線を世界一の約4mSv浴びるので、閾値なしモデルによると約2万人のがん死者が出る計算になるが、それにもかかわらずほぼ世界一の長寿国となっていると言える。閾値なしモデルが成立しないことを示している。

三つめはチェルノブイリ居住禁止区域（径30㎞）が今は315種の鳥獣が住む楽園と言われている

ことを挙げている。地表を這い回るネズミを捉え、ＤＮＡの損傷などを調べたところ、何ら変化がなかった。しかし、ラジカルスカベンジャーだけは増加していた。ラジカルとは、体によくできる不対電子をもった電子や分子で、反応性に富む。ラジカルスカベンジャーはそれを無害にする生理活性物質である。ホルミシス効果の現れだと報告書の筆者らは述べているという。

ところで、閾値なしモデルに従えば、放射線では短期間に一気に浴びても、同じ量を少しずつ長期間浴びても、長期間に浴びた量の合計が短期間の量と同じであれば、効果は同じである。しかし実際には10Svを一気に浴びると死ぬが、一年かけて１００回に分けて照射すれば死ぬことはない。これも閾値なしモデルが間違いであることを示している。氏はこのことを、酒の一気飲みとちびりちびり飲む晩酌と比較し、晩酌効果と呼んでいる。

最後に放射線の用量の単位Svについてごく簡単に氏の説明から述べる。生物が吸収する放射線の量に、放射線の性質を加味した係数と、さらに組織による差を加味した係数をかけて実効線量とし、シーベルト（Sv）という単位で表す。二つの係数は人為的に決めたものであるから、Svは測定できず、また人にだけ適応する。

前置きの言葉のある次の行からここまでが須藤氏の論文の私なりの言い換えである。ここから少し私の考えも含めて述べる。

私は、どんなに少量でも放射線を浴びると障害が出ると教わったような気がしていたので、それではラジウム温泉などがどうして存在するのか、これまで少し疑問に思っていた。少量の放射線はかえって体にいいのだというホネミシスについて、典拠を示して説明してくれた本論文を読んで、その疑問はありがたいことに氷解した。ラジウム温泉にはホルミシスがあるのである。

また氏の別の資料では、今、福島に帰るとどれくらいの放射線を浴びるかというと、最も高い飯舘村で3・9～17mSv／年、また田村町で0・6～2・3mSv／年、川内村で1・1～5・5mSv／年と見積もられているという。さらに、自然放射線は2・1mSv／年とされている。そして「福島程度の線量は心配するだけ損ということになる」とも書いている。

「閾値なしモデルに準拠した福島原発事故に対する行政措置は、市民の健康を守るどころか、逆に市民を恐怖に陥れ、健康を害し、本末転倒であることが分かる。苛政は虎よりも猛し」とまで述べている。

私は放射線を不当に恐れなければ逆に「福島県は長生きランドになる」と考え、そのように表題を書かせてもらった。

最後に、論旨を正しく伝えられなかったのではと恐れるが、さらに言えば優れた友が私にはいるのだよ、と言いたかったばかりに書かせてもらったような気がする。御寛恕を乞う。

（『健康文化』第51号　２０１６年）

左翼は福島原発事故をどう報じたか

『福島原発事故と左翼』（瀬戸弘幸著、青林堂刊、平成29年）を引用し、福島原発事故後、福島県が左翼によってどのように貶められてきたか見ていきたい。

はじめに著者瀬戸弘幸氏について紹介する。本書の著者紹介には、

> 昭和27年福島県生まれ。政治運動家、農業家。日本第一党最高顧問。日本農業助合機構福島支部代表。著者ブログ『せと弘幸ＢＬＯＧ「日本よ何処へ」』はライブドア政治系ブログで常に上位にランキングされている人気ブロガーである。著書に『有田芳生の研究』『現代のカリスマ、桜井誠』（小社刊）など。

とある。私も著者をブログで知った。ブログを読めば、単なるブロガーではないことがすぐ分かる。常に行動を通して左翼と対峙してきた方である。

はじめにお断りしておかなくてはならない。本文は、ほとんどが引用で、そこを選んだだけが私の作業だった、ということになりそうである。しかもたくさん引用したのに大事な部分が引用してなかっ

たり、また誤用したりしているであろうと思う。引用はできるだけそれと分かるように記載するつもりであるので、どちらについても瀬戸氏と読者諸氏のご寛恕を請う。

さて、最初に結論をのべてしまうと、本書がもっとも読者に伝えたかったことは、第三章の71〜72ページにある次の言葉だったのだと思う。長くなるが全文引用する。（福島民友　平成23〈２０１１〉年5月1日より）とある記事の直後のものであるから、ここの「当時」はそのころのことである。

当時このようなことが進行していると信じられていた。

1）将来の日本を背負って立つ日本の子供を癌の危険に晒している

2）日本の女性を子供の産めない躰にしている

3）日本の農業を作物が育たない土地にしている

4）日本の沿岸部を魚の捕れない海にしている

5）いや、もう人が住めない日本にしている

1）から5）までのことが散々喧伝されてきたが、今これはすべて誤った情報で拡散されたものであったことが判明した。であるならば、その反省と検証作業が行なわれなければならない。ところが今以てこれが殆んど行なわれていないと実感する。一度広まった情報は今でも一人歩きしている。何とバカバカしいことか？

1）「福島の住民は土地や家を出ていく必要はなかった！」

2）「福島の野菜や牛乳は安全だ。魚も同じく安全！」

3）「福島の住民は直ちに帰還《きかん》すべきだ。戻すべし！」
4）「福島は安全であることを宣言すべき！」
5）「胎児にも何の影響もなし、安心して産むべし！」
6）「帰宅困難地域など解除すべきだ！」
と訂正して広げなければならない。

本書とほぼ同時に読み終えた『福島へのメッセージ　放射線を怖れないで！』（須藤鎮世、幻冬舎刊、２０１７年）の5〜6ページにかけて書かれていることが、ガイガーカウンターを持参して福島で約１週間放射線量を測定した研究者の結論である。やはり長くなるのが途中まで引用する。なお、「直線閾値なしモデル」は瀬戸氏１８０〜１８１ページにあるＬＮＴである。

１９５６年に誤った「直線閾値なしモデル」が勧告されて以来、放射線はどんなに微量でも危険であるという教育がなされてきました。また、マスコミも危険をあおるばかりで、安全であるということはほとんど伝えませんので、放射線に対する恐怖はなかなか消えません。福島における汚染の程度では、人体への影響は無視できます。それどころか、放射線は逆に免疫機能を活性化します。しかし、放射線は怖いという思いがストレスとなり、免疫機能が低下し、健康を害します。放射線による直接の死亡者はありませんが、１３００人以上が原発関連死として認定されました。移住や放射線恐怖によるストレスが原因と思われます。

須藤氏の書の最後の章は「福島の汚染程度は心配するだけ損」とある。避難している福島県の人へ伝えたい。

なお、福島の汚染が心配ないことは、先に「健康文化」第51号に「福島県は長生きランドになる」と題し、須藤氏の総説「誤った直線閾値なしモデルの頑迷な適用による膨大な人的、社会的、経済的な損失」（薬学雑誌135、1197—1211、2015）に基づき私も述べさせてもらっている。

さて瀬戸氏が左翼としているのは「反原発派」である。まず「まえがき」の中の柳美里《ゆうみり》氏の言葉とそれを受けた氏の言葉を引用する。

「反原発・脱原発のスローガンを掲げて行なわれてきた運動とは、福島の土地や食べ物に対する差別と偏見だった」

在日韓国人作家の柳美里さんに心からの礼を述べたい。これほどまでに明確に反原発運動を福島県民に対する差別と言ってくれた方は、日本の文学界にもいない。反原発派の言ってきたことは「正義」でも何でもない。福島県を差別・中傷《ちゅうしょう》して潰《つぶ》すことが目的だった。

ついで「まえがき」の最後の四行を次に引用する。

福島は震災以来、こうした左翼の道具にされ、根拠のない風評被害に苦しめられてきた。もうこれ以上福島を彼らの好きにさせたくない。

左翼の中にも現状の脱・反原発運動に疑問を持つ人もいる。一日も早く科学的根拠に基づいた原発への適切な対応をとることができる状況になる事を願って止まない。


多くの左翼は脱・反原発運動に疑問を持たない。つまり多くの左翼は脱・反原発運動派である。ここから反原発派＝左翼と、とらえていると考えた。

左翼の言葉は何回も出てくるが、その人達はほとんど反原発運動出身だったので、左翼の由来については以後言及しないことにする。


では、章を追って見ていこう。第一章は「東日本大震災と原発事故」と題し、東日本大震災が平成23年（２０１１）年3月11日の午後2時40分ごろに発生したところから始まる。そのとき瀬戸氏は東京にいて福島市へ戻る準備をしている時であった。家族の無事は確かめたが、その時の帰宅はできなかった。地震発生から3日後、氏は羽田空港から福島空港への特別便の飛行機で福島市に行き、ご母堂に会い、実家の落下した屋根瓦の整理にあたったりした。

第一章は、（2）の「10日間の恐怖と不安の日々、それを今振り返る」を中心に、著者が放射能におびえて過ごしている状況が描かれる。水素爆発があってから3週間ほどは、福島市だけが異常に高い放射線の数値であったこともあり、その間はとくに不安を感じて過ごしたようである。

放射線を不安に思っているのは著者だけではない。そのことを如実に示してくれたのが、民主党政権のときの岡田幹事長と枝野官房長官であると、著者は彼らが相馬市などにやって来たときの格好について述べている。全身を白い防護服に包み、頭からすっぽり被る覆いやマスク、メガネをつけたままだったという。官房長官はテレビで盛んに「直ちに健康に被害を与えるレベルではない」と、放射能について放送した後に必ず付け足していたが、この格好を見れば本人がそのことを信じていないことは明らかであるという。頭に覆いはつけていないが、似たような恰好はカバー表紙に載っている。
また健康に被害を与えるレベルとはどれほどのレベルなのかは、地元の「福島民友」に載った記事から知られる。

東京電力福島第一原発から20キロ圏外で、計画的避難区域に指定されたのは、飯舘村、浪江村、南相馬の一部の計17地点で一時間辺り、10マイクロシーベルトの測定値が検出された。残る688地点は県の放射線管理アドバイザーが『直ちに健康に問題はない』とする10マイクロシーベルト以下であった。

（福島民友　平成23（2011）年4月14日より）

つまり1時間あたり10マイクロシーベルトを超す数値が、民主党政権が決めた「健康に問題を起こす可能性のある」数値だった。
こうして地震発生以降かなりの期間にわたって瀬戸氏は放射能におびえて過ごしていた。それが解けるのは平成26年あたりからである。そのことは第2章で明らかになる。ここには第1章の最後の部分を全文引用する。

この頃は本当のことを知らされていなかったから、多くの人が放射能に怯《おび》えていた。しかし、政府は今から半世紀も前に中国やソビエトが大気圏内で行なっていた原爆実験で、日本に迄《まで》降り注《そそ》いでいた放射能がこの福島原発事故で発生した60倍であったことを公表しなかった。もしそれらの事実が公表されていれば、多くの人が不安になったり避難する必要などまったくなかったのである。

第二章は、「民主党が隠し続けた放射線量の数値」と題し、福島県民の放射能は大したことがないことを説明していく。

出だしは、平成23年3月15日付けの朝日新聞の次のような記事である。

菅直人首相は15日午前11時すぎから首相官邸で国民に向けたメッセージを発し、東京電力福島第一原子力発電所2号機の事故で放射性物質が屋外に放出されたとして、同原発の半径20キロ以内からの避難を改めて呼びかけるとともに、同20～30キロの圏内では屋内に避難するよう要請した。

福島県民は当時、疑心暗鬼になっていたし、放射能に怯えていた、とある。それが払拭されていくのは、平成26年あたりからのようだ。著者は、「ママレポ通信」平成26（２０１４）年9月24日号を引用している。長いので内容を私なりに要約して示す。

伊達市の市政アドバイザーである多田順一郎氏は、自身が子供だった１９５０年～１９６０年代には大気外核実験をやっていて、ストロンチウム90やセシウム１３７が降り積もり、それらの積もった野菜を食べて自分たちは育った。セシウムが入ったミルクを赤ちゃんに飲ませてホールボディカウンターで測り、セシウム１３７が体内に蓄積されていく実験もされている。その赤ちゃんも、自分たちも現在健康に存命している、として暗に現在の汚染は大したことがないのだと述べた。

瀬戸氏は、平成27（２０１５）年7月15日の朝日新聞が、ストロンチウム90の観測値が「最大、60年代の60分の１」と報じた、としている。ただ60分の1がどの数字をさすものなのか、私には分からないでいるが、肝心なことは現在60代以上の人は、10代のころには大量の放射性物質を浴びて生活していた。体内にも現在とは比較にならない程のセシウムが蓄積していた。それでも現在健康である、ということである。

そういう事実があるのに、反原発派は福島の野菜や果実は危険だと主張している。そのため福島の農産物の放射能レベルは、世界的に認められている食品中の放射能レベルである国際基準の10分の１にされてしまった。その結果、国民はさらに放射能に対して不安な気持ちになるという影響が出た。

さらに、マスコミはこれまで原発の被害を大げさに書いてきた。原発関連死なる言葉を造って、原発事故で死亡したかのように装ったりもした。しかし原発の事故で死亡した人はいない。原発事故後4年から5年過ぎると、福島の子ども達に甲状腺癌が多発すると言われてきたから、平成27年（2015）年3月には反原発派が固唾を呑んで期待していたが、4年目を迎えても、甲状腺癌が見つかったなどの報道はなかった、ということで第二章を終えている。

私は、ひとわたり第七章まで読んでみて、ほぼここまでで本書の言わんとしていることのかなりの部分が出てきたと感じている。ここから先はページも大分押してきたので、章ごとに短く要約して本文を終わらせることにしたい。

ところで、第二章はベクレルという単位で述べ、第一章はマイクロシーベルトであった。環境中ではベクレルの値を使っては測れないということであろう。

第三章は、「福島の放射線と安全」と題し、福島は安全であることを例示している。

平成27（2015）年6月28日の朝日新聞の次の記事を引用する。平成26年に行った実験の結果である。同じ線量計を各地の高校生が2週間身につけ、その累積線量から年間の線量を計算した。各地とも全く同じレベルであった。

高校ごとの生徒らの数値を低い順に並べて真中にくる『中央値』は、福島県内が年0・63〜0・97ミリシーベルト（各地の値は省略）、県外は0・55〜0・87ミリ（同略）、海外が0・51〜1・

17ミリだった。

ページは少し後戻りするが、ホールボディカウンターを用いて、福島県南相馬市や三春町の子どもの体内放射線量の測定も行っている。放射性セシウムは検出されずその内部被ばくは心配ないという。氏は、第2項に「女性が子供を産めない躰になる……などは最も卑劣な嘘だった」と題して書き、当時このようなことが進行していると信じられていた、と5項目を挙げている。それは本文の当初に示したので省略する。

第四章は「反原発漫画『美味しんぼ』の風評被害」と題して書かれている。

平成26（2014）年4月28日発売の「ビッグコミックスピリッツ22・23合併号」の「美味しんぼ」における描写が、次のように批判されているという。

福島第1原発の見学から帰った主人公らが原因不明の鼻血を出したり疲労感を覚えたという描写があり、双葉町元町長井戸川克隆氏も登場して同様の症状があるとして「福島では同じ症状の人が大勢いますよ。言わないだけです」と語った。作中では医師が「放射線と鼻血を関連付ける医学的知見はありません」と語る場面があり、両者を直接関連付けてはいないものの、「福島に行くようになってからひどく疲れやすくなった」と登場人物が話すシーンなどがあり、不安をあおっていると批判されている。

（「ねとらぼ　平成26（２０１４）年4月28日より」の一部改変して抜粋）

瀬戸氏が特に問題とする点は、漫画の中では大勢の人が鼻血を流して沈黙しているなどと描いていたことである。

詳しい経緯が説明されるが、平成26年5月17日（土曜日）に、氏の呼びかけで、発行元の小学館前への抗議行動になり、60名からの参加者があったという。

最終的には休載の発表になったが、遅きに失する感は否めない。福島県民に与えた影響ははかり知れないと氏は書いている。

第五章は政治家の反原発運動である。細川護熙と小泉純一郎がかかわっている。小泉元首相は放射性廃棄物をどう処理するのか、などと問うているというが、瀬戸氏は、両者とも政治的復権を目指すために言い始めたとしている。

天皇陛下に手紙を手渡した山本太郎参議院議員については、「福島の野菜は放射性廃棄物」と言ったり「ベクレているかな、国会の弁当は」と言ってみたりしたことに怒りを禁じえなかったという。天皇陛下は福島で採れたお米を「少し、いただこうか」と言われたので、原発事故後初収穫の広野町の新米をお住まいに届けたという。

第六章は「原発再稼動と反撃の万願寺デモ」と題している。金曜日の夜に東京・永田町の首相官邸前で行われていた「原発への抗議活動」に対して抗議しようとする万願寺デモについて書いている。原発への抗議活動は、平成26（２０１４）年5月2日で１００回目を迎えたという。その中心になったのがミサオ・レッドウルフという女性である。その人が日野市万願寺に住んでいるので万願寺で、「原発への抗議活動」に対しての挑戦的デモを行い、総勢１３０名以上の参加があって成功した、という報告の章である。

第七章は、「農業と風評被害者組織『脱原発テント』」と題して、輸入食品の放射能は据え置いて、日本産の食品のそれを原発事故以後下げたことの矛盾などについて書いている。また『福島原発風評被害者の会』を設立したという。「脱原発テント村」は２０１６年8月21日に撤去されたが、風評被害との関連については私には読み取れなかった。

（『健康文化』第52号　２０１７年）

愛のままで

秋元順子が歌って一世を風靡《ふうび》した『愛のままで』という歌謡曲がある。シャンソンだと言う人もいるが、私はそれには与《くみ》しない。その一番目の歌詞の一部に次のような文言がある。耳から聞いた音のままに記載する。

だれかとくらべる
しあわせなんていらない

書かれたものでは、「だれ」には「他人」が、「くらべる」には「比較べる」が当てられていた。要するに「この人やあの人と比べたら私は幸せなのだと、自分に言い聞かせるような幸せなどいらない」と言っているのである。他人と比較する必要はないと言っているのである。

「福沢心訓七則」と呼ばれるものがあるという。その中に「世の中で一番醜いことは、他人の生活をうらやむことです」とあるという。

私はこの言葉を山本夏彦の著作から知ったが、それがどの本だったかは覚えていない。今回はインターネットから探し出した。先に示した『愛のままで』の歌詞の言葉とは、逆の立場になるかもしれない。

醜い、という判定はすこしきつ過ぎる判定だと私には感じられた。また外の六則とは明らかに違うようにも思われた。

七則の判定語をインターネットの中の順番で示すと、一番楽しく立派なこと、一番みじめなこと、一番寂しいこと、一番醜いこと、一番偉いこと、一番美しいこと、一番悲しいことである。その一つ一つがなんであったかはここには示さない。否定的な判定は、みじめな、寂しい、醜い、悲しいの四つである。みじめな寂しい悲しいは自分が感じることだと思う。それに反して醜いは他人が見て判定しているのである。自分では醜いと感じてないかもしれない。だからこそ一番やってはいけないと福沢諭吉は考えているのだろう。

もう一つ重要なことは、醜いと表現している内容は、他人の生活と比較して他人の生活をうらやんでいる点である。他の判定は自分に関したことばかりで、他人と比較することは含まれていないように思える。うらやむことが醜いのか、他人と比較することが醜いのか、そのどちらも醜いのかは判然としないが、多分どちらも醜いのであろう。

そうは言っても人は他人と比べずにはおれない生き物である。だからゴシップ話がだれもが好きなのである。ああだこうだとあげつらって他人を貶《おとし》めて溜飲を下げるのは、至福の時である。ベッキーさんなどは、おあつらえ向きの話題を提供してくれたのである。上にいた者が落ちていく様を見るのは、この世の快楽である。

上見ればきりなしという。その上を見て焼き餅をやくのが醜いことは分かったが、追い越される心配のない立場がある。自然科学の分野のノーベル賞がそうだ。現在これ以上の賞はないから、いったんもらってしまえば追い越される心配はない。成果が間違っていてもらったとしても、取り消されることはない。まあしかしその場合は永久に汚名が消えることはないであろう。これはつらいが、過去に私の知っている範囲でそんな例があった。胃癌の原因を究明したとしてもらったノーベル賞だったと思う。

貧しきを憂えず等しきからざるを憂える、という言葉がある。人が百人集まれば九十何人かは貧乏で、周りを見回してみても貧乏人ばかりだったから、羨ましいという気にならなかった。今は隣りがピアノを買ったからうちも買わなくてはと、少しも心が休まることがない。やはり山本夏彦がそのようなことを書いていた。豊かになって幸福になったかと言えば、そんなことはない、かえって不幸になったというような意味であったと思う。そして最後に福沢諭吉の言葉で締めていた。

今時の若い人は気の毒だ、と私などは自分の若いころと比べてそう感じる。まともな就職先もない人が多くいたりするからである。四割が非正規雇用者だということを聞いたような記憶がある。引きこもりも多いという。

そんなに自分たちは気の毒だとは考えてないので心配しないでほしいと、典拠も示さずに述べるのはよろしくないことは知りながら、若い人がそう書いていたのを読んだ。周りがみんな同じようなので、比較しないのかもしれないし、もともとが心穏やかに育っているのかもしれない。詰まるところ、愛のままでに帰っていくことになる。

だれかとくらべる
しあわせなんていらない

比べる必要がなければ心は穏やかになるものなのかなあ、と思うのである。

（木村治美の「エッセイ友の会」第14回コンクール「比べる」秀作作品17編の一つ　二〇一六年）

註　NHK学園賞1編　特選2編　準特選6編秀作17編

ポリタイアの人々

『ポリタイアの人々——鎮魂・檀一雄——』（二ノ宮一雄著、文藝書房刊、二〇〇九年）を読み終えた。熱い思いのこもった本である。

「ポリタイア」とは、昭和四十三年一月に檀一雄を編集発行人として創刊された季刊文芸誌である。またポリタイアとは、理想的運命共同体というようなギリシャ語だ。

『ポリタイアの人々』は、檀一雄を尊敬する著者が、文芸誌『ポリタイア』にかかわりあいを持つようになったいきさつと、創刊号から最終号の二十号（昭和四十九年三月刊）までの内容と発行にかかるできごとを、著者を軸にして年代順に綴っている。それこそ編集会議終了後どこへ飲みにいったか、ということまでも克明に書き残してある。

内容については、巻末につけられた『ポリタイア』総目次を見れば思い出されるに違いない。しかし、できごとについては、記憶ではなく逐一記録しておかなくてはとても書けないと思える詳しさだ。例えば百十三ページには、「第一回同人連絡会」に関してこう記されている。

日本音楽著作権協会（出）許諾第1809789-801号

さて、第一回同人連絡会は『ポリタイア通信』での案内通りに開催された。出席者は、眞鍋さん、世耕さん、沖山さん、古木さん、石亀泰郎さん、金七紀男さん、玉置正敏さん、吉村千頴さんの八名だった。私が出席していないのは、当夜、職場で年末手当の団体交渉があり、教職員組合の委員長代理を務めていた私は、どうしても抜け出せなかったのだ。

これはほんの一例である。引用した部分も昭和四十七年十一月に創刊された『ポリタイア通信』に記録されているのかとも思うが、とにかく本書全体が記録の固まりとも言えるほどに、人名や飲食店名、交わされた会話など、細かく書き残されている。

著者は、昭和四十一年から平成十二年まで芝浦工業大学の図書館員を務めている。紙媒体の利用と保管を任務とする職業についていたことが、本書のように記録がびっしりと詰まった書を上梓することにつながった、と私は見ている。私にそれらを逐次追っていくだけの力がないのが残念だ。

著者が「ポリタイア」とかかわりあいを持つにいたったきっかけは、久保輝巳さん（小説家、関東学院大学教授）の紹介による。久保氏とは個人誌を送って付き合いが始まった。それが昭和四十二年の肌寒くなってからのある日、小説を持参し読んでもらう、というところまで進んだ。久保氏は、

「これならいいですね。今度、檀さんが雑誌を出しますから、そちらへ紹介しますよ」

と言ってくれた。その言葉どおり、翌昭和四十三年の一月六日夜、著者は久保氏に導かれて檀一雄邸に連れていかれた。

その夜は『ポリタイア』発刊の何度めかの祝宴だったが、著者は檀一雄とも初対面を果たした。著

者二十九歳、檀一雄五十六歳。祝宴の様子が細かく描写されている「プロローグ」の中に、以下のような一文がある。父親に相当するような年齢の人々に交じった、唯一の若い小説家の著者の面目躍如たるものがうかがえる。

しかし、気負い立っていた私は、気難しい文学青年を気取り、意識的に強く眉を寄せて、末席から檀さんの横顔を凝視していた。

祝宴が果ててから、『ポリタイア』発起人に名を連ねている林富士馬・眞鍋呉夫、連ねてはいない久保輝己らとともに残り、さらにその帰りがけにこの日持参した小説原稿を眞鍋氏に渡したのである。この時の作品は、先に久保氏に読んでもらい評価された作品であり、『ポリタイア』(二号)の小説欄に載った『相手の見えないシーソー』だった。私にはそのように読み取れた。これが著者の小説家としての船出の作品になった。

その後の紆余曲折は、三号から二十号までの『ポリタイア』の中身の紹介と、その時々の人間模様を自虐的とも思えるほどに書きながら進んでいく。

昭和四十九年三月発行の『ポリタイア』最終号には、檀一雄の遺書のような文が載った。著者はこの年五月に『文學界』新人賞に応募する。そして最後の事務局会議に出席したあとは『ポリタイア』の人々とは連絡を取らなくなる。新人賞応募作品は一次予選通過止まりとなり、以後、著者は小説がかけなくなった。そして昭和五十一年一月二日、檀一雄氏永眠。著者は葬式にも出なかった。平成十九年に墓参、三十三回忌の平成二十一年に、本書を上梓したのであった。

この最後のくだりの著者の心理は、私の力ではとてものことに読み取れない。平成二十三年二月発行『架け橋』の『わが敬愛する文学者たち（その一）――俳句に回帰した眞鍋呉夫――』を参照するのがよさそうだ。（了）

（『架け橋』No.3　平成23年）

ノンフィクションの「巨人」

溝口敦氏から、『ノンフィクションの「巨人」佐野眞一が殺したジャーナリズム』（宝島社刊、二〇一三年）を恵贈された。「溝口敦＋荒井香織（元ガジェット通信記者）編著」とある。佐野眞一がこれまで行ってきた「盗用・剽窃」を告発した本だ。本書の読後感想文＋αを書いてみた。

本書が発行された直接の発端は、『週間朝日』二〇一二年一〇月二六日号だという。溝口敦氏執筆の「序論『巨人』から『虚人』へ」（副題省略）は次のように始まる。


「ノンフィクション界の巨人」とまで一部メディアが持ち上げた佐野眞一氏の境遇が急変する舞台は『週刊朝日』2012年10月26日号に発表した連載「ハシシタ　奴の本性」第1回だった。

本書は、一読していただければすぐ分かるが、佐野眞一がこれまでにやってきた大量の盗用・剽窃について、逐一検証したものである。その基調は、被害をうけた溝口敦氏が作り、荒井香織氏が検証を担当する構成になっている。

なぜ本書が私に恵贈されたかについてまず述べる。この部分が先のαである。

氏は古い同級生だった。それを知ったのは、昭和五十八年で、『ダカーポ』第三巻第二号（昭和五十八年一月二〇日号）の一〇ページに、氏の略歴があった。

「みぞぐちあつし本名・島田敬三。昭和十七年七月五日、東京生まれ。……」

「あっ、けいちゃんだ」と、とっさに思った。ごく近所に暮らし、小学三年まで同級生だった。その後、私が転校したので、いつしか音信が絶えた。当時は今ほどはっきりと随筆の勉強を心においていた時期ではなかったが、研究者という職業についていた関係で、上司や発表先の学会誌等の校閲・添削を受ける身であった。うまいと言われる文章を書きたいと常日ごろ願っていた。高名な文筆家が同級生だったことを知り、いつかはお近づきになり、文章の書き方など教えていただければありがたいと考えていたのである。

『ダカーポ』の記事を知ってからだいぶたって、思い切ってお便りを差し上げ、そのことを確かめた。それから何回も著書の恵贈を受けるようになり、また私の自費出版の本を謹呈したりした。今では年賀状のやりとりや、一度などは、私の執筆に対してメールで助言をもらうまでの間柄になった。

また、氏が二〇〇三年に、講談社ノンフィクション賞、日本ジャーナリスト会議賞、編集者が選ぶ雑誌ジャーナリズム大賞の三賞を同時に受賞されたときの祝賀会にお招きを受け、これは正直うれしかったし、当日強烈な握力の手と握手する光栄に浴したりもした。

ここまで書けば、順序が逆であると気づかれたであろう。ヒットしている本の「書評」のふりをしつつ、こんなにすごい同級生がいるんだぞと自慢したかったのである。ただし、書評とまでは言えないので、読後感想文＋αとした。

本書のかなりの部分が盗用の検証に当てられており、「盗用対照表」としてまとめられている。それはあまりにも多い。「はじめ」には、一四〇件以上になるとある。とても引用しきれるものではないので、直接お読みいただくとして、ひときわ強く印象に残った二、三の部分を引いて読後感想文の務めをはたすことにする。

結論の一つは序論に溝口氏が書いている。


　そのため盗用被害者が佐野氏を訴えることはなかったが、それが佐野氏を盗用の常習者にさせた一因かもしれない。（二二ページ）

また巻末近く長岡義幸氏が「本当はだれが『本』を殺すのか？」において、こう書いている。

佐野氏が剽窃したとされている著作物よりも、佐野氏の本は数倍、ときにはそれ以上の部数になっていたはずだから、……（二一九ページ）

だから佐野眞一は出版社に守られてきたが、「激論座談会」の項に西岡研介氏のこんな言葉がある。

しかも今回は、佐野眞一と並び称されるノンフィクション作家の溝口敦さんが、盗用の直接の被害者として声を上げたことで、各出版社も表立って守るわけにはいかなくなった。……（一八〇ページ）

これまで訴えられず、さらに売れるので出版社が執筆させてきたが、溝口氏が本気で怒り本書が出版された。佐野眞一は終わった。

とこう私は思ったが、最近『週刊ポスト』だったかに、猪瀬直樹氏にあてた佐野眞一の文章が載った。発売日から二日ぐらいに書店で探したが、店頭になかった。売り切れたのであろう。本人も出版社も終わったとは思ってなかったのである。著作権侵害で訴えてもらいたいものであるが、それはすでに準備されているという。

溝口氏が運営するブログ『溝口敦の仕事』の二〇一三年四月一五日号「『ハシシタ　奴の本性』がらみで告発本が出るぞ」に、そのことがはっきり出ている。当該部分を引用して終わりたい。なお、告発本とは本書のことである。

佐野氏はすでに開高健ノンフィクション賞などの選考委員を辞任したが、ほとぼりが冷めたころ、また復活されては盗用が野放しになる。本書の目的は佐野氏の度重なる盗用を印刷物にして長く定着させる目的を持つ。佐野氏に対しては別に著作権侵害での裁判も準備されている。

（『架け橋』No.11　平成26年）

『鉄道員（ぽっぽや）』を読んで

平成二十六年五月九日、ＢＳ朝日で、再放送の映画『鉄道員（ぽっぽや）』を見た。主人公は、北海道幌舞線の終着駅幌舞の駅長佐藤乙松で、高倉健が演じた。十代で国鉄に勤め蒸気機関車の罐焚きから始まる半生を、定年退職の最後に焦点をあてて描いた映画で、浅田次郎の短編小説が原作である。

映画を見終わって私は、人は亡くなる直前自分が一番したかったことや見たかったことを経験できるのだと感じた。映画はそう私たちに伝えたかったのだ。それならば死は少しもこわいものじゃない。

ほぼこれで映画『鉄道員』の感想文は完成である。

しかし、この感想が正しかったかどうか、また亡くなる直前の乙松がどう書かれているのか確かめようと、原作を読んでみた。

「鉄道員」は同名の短編小説の一短編で、その解説の中で「すっかり人口に膾炙してしまったが」と書かれていた。だから多くの人が読んでいるに違いない。それでも粗筋を要約しないと先に進めないので、要約して引く。

乙松は、北海道でも有数の炭鉱のあった町幌舞で、石炭を運び出すためにあった幌舞線の終着駅幌舞の駅長を、六十歳で定年になろうとしている。最後の山が閉山になって石炭の積み出しがなくなり十年がたっていた。幌舞線は単行気動車キハ12が日に三本しか走らないローカル線で、二一・六キロの沿線の六駅はすべて無人である。高校が休みになると乗る者のない単行車が走るだけであった。

駅長になってからは、駅の事務室の奥が六畳二間に台所のついた住いになっていた。そこで四十三歳、妻が三十八歳のときに娘が生まれた。「雪子」と名付けたが、すきま風の部屋で寝かせていて風邪をひかせ、ふた月で死なせてしまった。妻は死んだ娘を抱えて下りの気動車で帰ってきた。乙松は旗を振って気動車の停止位置を指し示し、死んだ赤子を旗を振って迎えるのかと妻になじられた。その妻は二年前に亡くなった。亡くなったその日も最後の上りでやってきて、病院に来たのは亡くなった後だった。最期を看取ったのは同僚の仙次の妻だった。

一月三日、そう私は読み取ったが、一つ年下のかつての同僚だが、今は幌舞線のターミナル駅である美寄中央駅の駅長に出世している仙次が、幌舞行きの最終で一升瓶を抱えてやってきた。乙松の退職後の就職の斡旋に来たのである。

その日、奇跡が起こった。仙次がくる前、入学直前の娘がランドセルを背負って駅長を訪ねてきた。また仙次と飲んで寝た夜の零時、十二歳の娘が訪ねてきた。先の娘の姉と称し、妹が忘れたセルロイドの人形を取りにきたという。娘が帰ったあと仙次が起きてきた。そのとき乙松が人形を見つける。仙次も確かに人形を見た。仙次は朝の気動車で帰った。

このセルロイド人形を仙次が見ているのが奇跡だったことを示しているのである。そこだけ全文引用しておく。

「ゆんべの子の姉さんが、忘れもんを取りにきた――あれえ、何してんだろうねえ、また忘れてっちまった」

セルロイドの人形がベンチの上に置かれていた。

「また来るしょ」

「そうだねぇ。届けようにも、どこの家の子かわからんし」

最初の台詞が乙松の言葉で、仙次との対話になっている。乙松が手に取ったセルロイドの人形を見ながら、話し合っていると私は読んだのである。

その午後さらに奇跡が起った。先の二人の姉と称する十七歳の娘がやってきた。乙松は、娘に半世紀分の愚痴や自慢を思いつくはしから口にした。乙松の心は確実に軽くなっていった。その晩、娘が支度した夕食をとることになるが、ひょんなことから三人の娘が雪子の化身だと分かるのである。

翌朝、始発のラッセル乗員が乙松の遺体を見つける。その顔はたぶん満足そうな顔であったに違いない。

著者は短編集『鉄道員』の「あとがきにかえて」に、霊的な存在は信じないたちであると書いているが、一方で奇跡という言葉を何回か使っている。それで私は、著者は霊的な存在が現れたと書きたかったのだと考えることにした。

私は、映画を見た直後には、乙松は幻影か夢ないし白昼夢を見たのだと思っていた。そしてこんな夢が見られるなら死ぬのも悪くないと考えた。それが冒頭の二節目である。そして原作を読んだ。

私はたまたま二種類の『鉄道員』を購入した。劇画版の『鉄道員（ぽっぽや）／ラブレター』（講談社刊、二〇〇四年）と短編集の『鉄道員（ぽっぽや）』（集英社刊、二〇〇〇年）である。どちらも文庫本である。短編集の上梓は一九九七年でそれはハードカバーであろうが、その年にそれで第一一七回直木賞を受賞した。

私は、セルロイド製の人形が霊的な存在が現れたことの証拠のように書いた。それがなければ、娘のことはすべて乙松の夢だったとしても通りそうに思えるのである。人形は乙松が買って妻が洋服を作り、娘の棺箱に入れたものであった。劇画版では、乙松が人形を手にした時、起きてきた仙次が一緒にいてそれを見ながら話しているのである。

また夕食の支度ができていたのを、その晩のラッセル乗員が見ている。このときは娘は見てないから、食事は乙松が夢でも見てて作ったと考えてもいい。仙次が人形を見たところも乙松の夢だったのだとすれば、辻褄はすべてあうような気がするが、繰り返すが著者は奇跡が起こったとしているのだと思う。

ところで主人公の乙松のような頑なな人物は、昔はどこにでもいたのだろう。それが戦後の日本の復活を担ってきた。著者はそうも言いたかったのだと思う。「あとがきにかえて」をこう締めくくっている。

かくなるうえはいつの日か、頑《かたく》なな老駅長のように、警笛をくわえ手旗を握ったまま、雪のホームに倒れ伏したいと思う。

（『架け橋』No.14　平成27年）

『詐欺の帝王』（溝口敦）

溝口氏から『詐欺の帝王』（文藝春秋刊、二〇一四年）を恵贈された。

本文はその書の書評のつもりで書いたが、書評そのものについても現時点での私の考えをまとめておこうと思う。

私は、書評とは、書物の概要を読者に知らせ、その上で本の善し悪しなどを評価するものだと思っていた。さらに概要は、なるべく作品中の言葉に拠るべきだと考えていた。

平成二十六年八月二十三日付けの産経新聞に『書評サイト「ＨＯＮＺ」代表』の肩書きを持つ成毛眞の、本書に関する書評が載った。

これには本書の概要に関して、要約すると、「オレオレ詐欺の元締めを特定し、その本人の来歴、どのようにオレオレ詐欺が考案され、だれがいつごろから組織化したのか、ヤミ金や暴力団との関係はいかなるものか、このオレオレ詐欺の帝王は、警察に逮捕されることもなく無傷で引退した」と書くことで終えているのである。

私は『詐欺の帝王』を熟読含味した。だからこの概要が非常に優れていると分かるし、かつあらましはこれで尽きているのである。

あとは溝口氏が暴力団の被害にあったこと、本書が警察の捜査に資するだろうということ、溝口作品に共通する読後感、犯罪者たちが闇の世界で生きざるを得ないという悲しみを感じさせる読後感などを書いている。

これを読んで私は、概要は尽きていればごく短くまとめた方がいいし、さらに読書しようという意欲をわかせるには、本には書かれていない情報を書くのもいいのだと思った。

しかし私はそうは考えていなかった。字数の許す範囲でできるだけ詳細に内容を示し、評価は最後に少しつければいいと考えていた。しかも前記したとおり、著者の言葉をそのまま使いたいと思っていた。ただ、内容をすべて示す必要はなく、私が大切だと判断した部分だけでいいとも考えていた。

本書に関して以前に千字でまとめた書評というか、読書感想文がある。本文ではそれを多少訂正したが、ほぼ原文に近い状態で引用し、私の考えたものの見本としたい。

本書は、「『オレオレ詐欺の帝王』といわれていた本藤彰（仮名）から聞き取った、詐欺を仕掛ける側の詐欺世界」を主体に、ヤミ金などの周辺の事柄も交えて臨場感あふれる筆致でまとめたものである。

本文は私のための要約で、ところどころの一部分を引用または要約・引用し、つなぎ合わせた。

オレオレ詐欺は、藤野明男の著作から、〇三年三月ごろヤミ金のメンバーの一人が始めた、とあるのを引き、本藤のグループは、これとほぼ同時並行的にオレオレ詐欺を創始したと見られるとしている。

ヤミ金はオフィスが要らない。携帯電話さえあればいい。

主婦相手の金貸しからスタートしたが、やがて多重債務者リストをもとに多重債務者をターゲットとし、五万円から一〇万円までの少額を貸すようになった。

使い捨ての携帯電話で借り手に電話し、貸しつけるのである。これは私の推測である。

オレオレ詐欺は、ヤミ金から自然発生した。使うものが携帯電話、名簿などヤミ金とそっくり同じなので、本藤のヤミ金グループの中で兼業的に始まった。

集団がシステマチックに動いて行うので、類似の詐欺も含めて、警察庁のいう「特殊詐欺」を、溝口氏は「システム詐欺」と呼ぶことを提案している。

方法は、交通事故を起こした「息子」役がだますオレオレ詐欺と未公開株詐欺を例に説明している。

オレオレ詐欺では、ほかに事故に立ち合った「警官」役、示談金交渉の「弁護士」役などさまざまな人物が老いた母を騙す。

本藤のグループは最初オレオレ詐欺が中心だったが、徐々にそのほかのシステム詐欺全般に手を広げていった。

その結果、本藤には「そのころぼくには週に九〇〇〇万円入っていたから……」と言うほど、金が入っていた。

なお本書には、電動ノコギリで生きたまま人を殺す描写や本藤が「『……埋めた死体も一人や二人じゃない』とつぶやくように洩らしたことがある」、といった表現も出てくる。よくぞ聞き取りできたものだ。


成毛眞の書評にある暴力団との関係などはまったく言及してないし、評価らしいのは最後の一行だけだ。だから読書感想文と言って逃げているのである。成毛眞の書評などを参考にさらなる勉強が必要だと思う。

さてその勉強法だが、私には「書評の鉄人」と評されている友人がいる。鉄人の書評を読んで勉強し、他日を期すこととしたい。


（『架け橋』No.15　平成27年）

『捏造の科学者』を読む

『捏造の科学者』(須田桃子著、文藝春秋刊、二〇一五年)を読んだ。本文はその書評のつもりで始めた。読み終わって得た感想を一言で表せば、西暦二〇一四年（平成二十六年）は、日本の科学史上最大の捏造事件があった年として記録に残る年になるだろうということである。本書はその捏造事件の発端からほぼ終局までを、専門家にも疑問がもたれないようにかなり詳細に正確に書かれている。学術用語が頻繁に出てくる。しかもそれらはかなり詳しく、正しく述べられている。

ほぼ終局までとしたのは、「あとがき」にある脱稿日二〇一四年十一月十四日の段階では、「ＳＴＡＰはＥＳ」だったとまだ断定されてなかったことによる。ほぼそうだと断定した理研調査委員会の報告書が確定したのは、二〇一五年一月六日だったと産経新聞の一月七日の記事にある。その報告書が提出されたのは、二〇一四年の年末だとあるから、上記の日には公式の結論はまだ出てなかった。

本書の著者は早稲田大学大学院理工学研究科修士課程物理学専攻を終了しているから、本書に用いられた学術用語を正確に理解しているに違いない。私は生物学関係の研究者として暮らしてきたが、私の理解は少しおぼつかない。研究を離れて十年近くになり、とくに最近の情勢については勉強していないので、用語などおぼろに分かる程度である。そんなわけで言い訳を先にしておけば、書評のつもりで書こうとしたがとうてい無理だと観念した。本書のごく一部をつまみ食いして述べた感想文である。したがって本書全体が言わんとしていることから大きく乖離しているかもしれない。

本書は、二〇一四年一月二十八日に開かれた記者会見で発表されたＳＴＡＰ細胞が、捏造された研究結果に基づくものだったことが明らかになっていく過程を、時間を追う形で記述していく。著者は、研究当事者から得た事実を、当事者以外の研究者のコメントを得るなどの地道な作業を積み重ねていく。

右記の発表は、神戸市にある理研発生・再生科学総合開発センター（ＣＤＢ）で、小保方晴子、若山照彦・山梨大学教授、笹井芳樹ＣＤＢ副センター長の三人が行った。その結果については、毎日新聞東京本社版の一面記事「万能細胞　初の作製」になっている。本書著者の署名入りの記事である。その記事には「万能細胞」の意味の解説やｉＰＳ細胞開発者の山中教授のコメント、顔写真付きの小保方氏の略歴なども添えてある。

しかし発表から二週間で疑義が浮上した。ＳＴＡＰ論文の画像に不正の疑惑が出ているというのである。

本書にはそれらの指摘が事実であったことが次第に明らかになっていく過程が、述べられている。あとがきを含めて三百八十三ページにも及ぶ膨大な本書がその過程そのものだとも言えるので、しつこいが私のよくまとめられるところではない。以下の三か所だけを引用し、私の意見を添えて締めくくりたい。

若山氏に聞いた話として、

ＣＤＢを去る前の二〇一三年春、小保方氏から直接、作製を習ったときはＳＴＡＰ細胞ができたが、山梨大学では成功していないという。

とある。

若山氏がＳＴＡＰ細胞作製に成功しているという話は、この後も二か所に出てくるので、かなり強く著者の印象に残ったものと思われる。

また、

ＣＤＢの幹部らが信じたのは、研究者として信頼と実績のある若山氏がキメラマウスを作製し、多性能を完璧な形で証明したからこそ、というのも事実だ。

とある。

さらに、

過去にサイエンス、ネイチャーなどの一流科学誌に投稿され、不採択となったＳＴＡＰ論文の査読資料を独自入手。……、ＥＳ細胞の混入の可能性も指摘されていた。

とある。そしてその後に、笹井氏が不採択になった論文も査読資料も読んでいなかったことが明らかにされている。

以上の三つの引用から私が推論すると、若山氏は一度はＳＴＡＰ細胞作製に成功したからその存在を信じ、ＳＴＡＰ細胞から作られたキメラマウスがあるから笹井氏がやはりその存在を信じた、という構図がなりたつ。だが実はＥＳ細胞が混入されていた。

本書著者が入手したという、不採択となったＳＴＡＰ論文の査読資料を笹井氏が読んでいたら、ＥＳ細胞混入の可能性を氏は知ることができたかもしれない。しかしその機会を得ないまま事態は進んでしまった。

若山氏は今回の捏造事件の首謀者に近い、俗な言葉で言えば悪い人間ではないかと考えていたが、どうやらＥＳ細胞を混ぜられたことに気がつかなかったようである。本書から今のところ私はそう読み取った。

（『架け橋』№16　平成27年）

書評の鉄人　ｋ―ｋａｎａ

古くからの友人ｋ氏が、「書評の鉄人　ｋ―ｋａｎａ」として紹介された。

その書評は氏のホームページ「本と音楽のクロスオーバー情報サイト　ＳＭＡＲＴ」の「ぼくの読書ノート」にまとめられている。

私は、その読書ノートを読破し、書評とはどんなものなのか勉強しようというけっこう大それたことを考えた。そしてすべてではないが、かなりの量読んできて、その楽しい作業の結果として、ｋ氏の書評の仕方が分かってきたように感じた。

どれぐらい読んできたかといえば、二〇〇七年以降現在までの一七〇冊ほどと、それ以前では、生物／宇宙に分類されているものなどである。読み終わったそれらを思い出しながらｋ氏の書評の書き方を、印象に残った書物を一、二代表としてとりあげ記録しておこうと思う。代表としても、もっと多数の書物をとりあげた方がいいだろうが、特徴を示すにはそれで十分だと思う。

さてしかし、書評の仕方に言及する前に、一言余計なことを書いてしまおう。それは書評された元の書物の著者には気の毒だな、ということである。書評が本の内容を的確に伝えているせいであろう、それを読んだことで満足してしまい、買ってまで読もうと思ったものがほとんどなかったのである。

ｋ氏の書評群から、書評に必要なものは何か、をまず読み取った。題名は当然として、ｋ氏は、副題のあるものは、題名の後にその副題をつけていた。副題も必要なものであるが、副題がついていない書物については、氏が副題をつけていた。というか、短いことばを継ぎ足すことによって、本の特徴を一言でまとめていた。そうしておいて、最初のパラグラフで、本の中の言葉ではなくｋ氏の言葉で本に対する思いを書いていた。

以下最初の例である。

『申し訳ない、御社をつぶしたのは私です。』コンサルタントはこうして組織をぐちゃぐちゃにする（二〇一五・一・一三）

二重鍵括弧の中が題名である。コンサルタント以下が副題である。丸括弧は氏が書評をアップした日にちである。

最初のパラグラフはこうである。長くなるが全文引用させてもらう。

思わず何のことか、と気を引かれるタイトルである。どうもコンサルタントの失敗事例らしい。本書は、コンサルタント批判の本ではなく、著書のビジネス経験から、コンサルティング業務の望ましいあり方を提唱している。方法論やツールではなく対話が重要であるという。クライアント企業はコンサルタント任せにせず、自分たちでもっとちゃんと考えるべきだと。ある意味、当たり前のことかな。

ここは間違いなくｋ氏の言葉である。もちろんこのパラグラフの中にも、「自分たちでもっとちゃんと考えるべきだと」などは、対象の本の中の言葉の要約だろうが、全体はｋ氏の思想である。次のパラグラフから、本の言葉を使って書評している。

もう一つ例示する。『ニッポンの書評』という本である。「大げさな書名にちょっと腰がひけてしまったが」と、最初のパラグラフを書き出し、著者の書評観を著者の言葉を要約してまとめている。以下のパラグラフはほぼ引用を使って進めていく。最後に、『ニッポンの書評』中に引用されていた立花隆の言葉を、「立花隆の言葉をきちんと引用しておこう」として引用していた。肝心なところだけを要約して引用する。

「本がどの点において読む価値があるのかを示すために、要約と引用により本自身に語らせるというスタイルをとっている。私自身の批評的コメントはできるだけ少なくしている」

基本的にこの言葉は、ｋ氏の書評のスタイルそのものではなかろうか、というのが、ｋ氏の「読書ノート」についての私の読書の結論である。

以上が、「木村治美のエッセイ教室『友の会』」に提出した原稿を添削してもらった結果である。四百字詰め原稿用紙五枚きっちりの原稿をほぼ四ページにしてもらったから、いかに冗長だったかが分かる。講評では、何を書きたかったのか焦点が絞りきれていないとのことであった。

ｋ氏のことを書きたかったのか、「ぼくの読書ノート」をいかに熱心に読んだかについて書きたかったのか、書評に興味を持ち自分でも書評を書いてみたかったのか、が絞りきれてない、ということのようである。

書評の書き方の法則を見つけたかったのである。それは、k氏が引いた立花隆の言葉に尽きている。ただ私はk氏にならい、自分の一言を付け加えられればさらにいいと思う。

（『架け橋』No.17　平成27年）

『防衛庁再生宣言』を読む

『防衛庁再生宣言』（太田述正著、日本評論社刊、二〇〇一年）をひととおり読んだ。内容を短くまとめて紹介したいと考えた。

ひととおり読んだというのには訳がある。本書には「はじめに」という「はしがき」があり、各章の終わりには参照した文献が引用されているから、これは研究論文である。それらが十章にわかれ、各章はそれぞれ独立しているようである。文献を逐一読んでいたのでは、本全体を大づかみできないと考え、私は文献をほとんど参照することなく読んだ。だからひととおりなのである。

本書は、二〇〇一年七月五日第一版第一刷発行とあるから、かなり古い本である。ご承知のように「防衛庁」はすでに「防衛省」になっている。扱われている不祥事も当時のものであるから、今の防衛省に不祥事はもはや見られないのかもしれない。しかも扱われている内容は多岐にわたっており、短くまとめようにも、私の力量では無理だと考えた。それでも本書を紹介したいと考えたのは、太田氏の「予言」とでも言えばいいのだろうと思うが、「日本再生」の工程を、『架け橋』同人を主とする読者諸氏に紹介したかったからである。それこそが本書の目的であり中心だと私は考えたのである。それは「あとがき」に短くまとめられている。そっくり引用する。

本書のタイトルは『防衛庁再生宣言』だが、私としては「自立」をキーワードとする「日本再生宣言」を書いたつもりである。防衛庁・自衛隊や安全保障問題に関心のある人だけでなく、できるだけ広範な人々にこの本を読んでいただければと思っている。

「日本再生」とはどういう意味か。「はじめに」から読み解くことができる。長くなるがこの「はじめに」を私なりに要約する。

防衛庁〔現在は防衛省になっているが、本書のままとする〕は、日本の安全保障にとって何が重要かという議論よりも、組織の権益の維持に腐心する役所となってしまった。その結果、防衛庁では不祥事が続出し、日本の安全保障は危機に瀕している。そしてその根源は、戦後、自民党政権が堅持してきた、いわゆる「吉田ドクトリン」である。

「吉田ドクトリン」とは、吉田茂元首相が一定の時代状況のもとで持っていた考え方を恒久化したものである。〈日本の安全保障を米国に依存し、日本はもっぱら経済成長に専念する〉という国家戦略である。

その「吉田ドクトリン」という、日本で安全保障に携わる人々にとっての巨大なモラルハザードは、防衛庁に勤務する人々を蝕んでいき、防衛庁・自衛隊全体が、一大生活互助会化していった。それを改革しようと組織の中で努力を続けたが、内部からの改革は不可能だと思い、防衛庁を退職し、内情を広く世間一般に訴え、防衛庁さらには政治全体を改革する運動を起こそうと考えた。

これが「はじめに」の私のとりまとめである。「防衛庁さらには政治全体を改革する」の文言に注目してもらいたい。太田氏は「吉田ドクトリン」に蝕まれているのは、防衛庁だけではなく、政治全体だと述べているのである。それを改革しようというのである。それが「日本再生」なのである。私はそのように考えた。ではどうするか。

本書には防衛庁の実態やら米軍と防衛庁との関係、あるべき自衛官像、防衛大学校の改革、シビリアンコントロール、アングロサクソンと日本、吉田ドクトリンのイデオローグ等々、本当に多岐にわたって文献を添えて詳細に述べられている。それらを多少なりとも紹介しなければ本書の紹介にはならないことは十分わきまえているつもりである。

しかし私は太田氏が提案した「日本再生」の工程をてっとり早く述べさせていただきたいのである。そしてそれが昨今の政治状況の中で実施に移されつつあることを諸氏とともに確認したいのである。「日本再生」は「第二章　防衛庁・自衛隊改革の基本構想」に詳しくまとめられている。

本章は、「一　まず政界再編により、まともな政府の樹立を」と題し、次のように述べている。要約して示す。

「吉田ドクトリン」のもと、自民党は一貫して既得権（目先の経済的利益）を擁護しようとする既得権サークルのための政党として存在してきた。そして既得権サークルの存在が日本の構造改革を妨げていることが明らかになってきた。既得権の擁護によって当選してきている議員が大部分を占める自民党に「構造改革」ができるはずがない。その「構造改革」の最たるものは「吉田ドクトリン」の打破による国の自立である。それには、自民党を政権の座から引きずり降ろし、解体し、国の自立を旗印とした政界の再編を実現する必要がある。

次いで「二　それと同時に、防衛庁の改革を」として、国の自立には最重要基盤である防衛庁・自衛隊の建て直しであるとし、「1　防衛庁改革の徹底的な実施」、として監察官（仮称）の設置、など幾つかのことを提案している。太田氏は防衛庁に三十年間勤務したから、制度そのものについて詳しいので、その改革も詳しく述べているが省略する。

「2　安全保障政策の変更」、が、そもそもの本書の一番のポイントである。それらのうち私が大事だと考えた部分を箇条書きで示す。

集団的自衛権行使を禁じる政府憲法解釈の変更

「思いやり」予算の減額・全廃

在日米軍基地の整理・縮小

日米安全保障条約の改正
武器輸出禁止政策の緩和
中央情報機関の設立

などである。

日米安全保障条約の改正では、条約を双務条約にあらため、その上で、日米安保条約と米国・オーストラリア・ニュージーランド三ヵ国間のANZUS条約等との連携を図る、ということを提案している。

氏は本章の最後に「国の自立、そして地域・企業・個人の自立を」として、次のように述べている。この冒頭はそっくり引用させていただく。

この論考では、もっぱら政治と防衛庁に焦点をあてて論じてきたが、それは政治と防衛庁の改革こそが国の自立の鍵だからだ。私は国の自立が、地域や企業の自立、そして究極的には個人の自立の必要条件だと考えている。二一世紀冒頭の日本の最大の課題は、「吉田ドクトリン」の打破による国の自立であろう。これなくしては、日本の社会全体を覆う閉塞状況からの脱却はない。

そしてこの節のほぼ最後の部分には、自民党と防衛庁を解体し、国の自立を旗印とする政界再編をなしとげ、防衛庁の立て直しを図る必要がある、と結んでいる。

ここまで、ほとんど引用を主体に『防衛庁再生宣言』の、それこそごく一部を紹介してきた。「日米戦争としての先の大戦」(第八章の一部)にも引用したい箇所があったりもするが、太田氏の言う「国の『自立』をキーワードとする日本再生」の工程については、ほぼ取り上げてきたように思う。

そして氏の再生への提案が、民主党政権誕生や第二次安倍内閣での政府解釈変更による集団的自衛権の容認、「思いやり」予算の削減、武器輸出禁止政策の緩和などを通じて、実現しつつあるように私には思われるのである。「予言の書」と位置付けする所以である。

本書は、再版されてないようである。いつの日か、新しい情勢も加え、再版されることを願っている。

(『架け橋』No.18　平成28年)

『維新の源流としての水戸学』を読む

徳川家康は、徳川家と天皇家が武力衝突を起こすような事態が起こったとき、幕府側が逆賊の汚名を着ることのないように、幕藩体制の内部に天皇家への忠臣を配置し封印しておいた、それが水戸家であったという。あまりにうまく出来すぎた話だが、結果としてはそういう歴史展開になった。(一一～一二ページ)

本書(西尾幹二著、徳間書店刊、二〇一五年)を通読して、第一章のほぼ冒頭に書かれている右記したことで「水戸学」の本質は尽きている、と私には思われる。本書を読み、水戸学とはそもそも何なのかをもう少し詳しく紹介するのが本文の目的である。

私は本の紹介をする場合、本の中の文言を引用することでしたいと考えている。しかし本書はほかの書物の引用を主体にその引用したものを解説する形を取っている。しかもその引用が多くて一つ一つが長い。引用か解説かを引用するが、その場合そのまま引用することもあったし、自分なりに要約したり言い換えたりして短くすることもあった。そのためそのままの引用なのか、私の要約だかが分かりにくくなり、また全体としても分かりにくくなったと思う。まずお断りしておく。

ところでなぜ水戸学を取り上げたのか。

私は、昭和六十三年に転勤で島根県から茨城県に移住した。そして平成二年ごろ、「日本会議茨城」という誰でも加入できる政治団体に入った。

「日本会議茨城」の会合に出席するようになると、その時の会長は、しばしば「水戸学」という言葉を使って話をされ、また平成二十三年ごろの「入会のご案内」のパンフレットには「『誇りある日本の再生をめざして』は、この水戸学の心を心とし、日本の歴史を学び、日本人の誇りと礼儀正しさを県民皆さんが身につけていただく事です」と書かれていた。しかし水戸学についてはさっぱり分からないままであったので、知りたいと思っていた。

一方、理事に水戸学の大家がおられ、その方から『水戸学の復興』という本を恵贈された。水戸学に関心がわいてきていたところだったから、当初、この本から水戸学を理解しようかと考えた。漢文あり古文もあり、近世の古文だから擬古文というのかもしれないが、それでちょっと見て諦めてしまっていた。
そうこうしているうちに本書が出版されたので、本書で水戸学の概要を知ろうと考え取りまとめを作ることにした。まとめを作るにあたって、本文は私の覚えでもあるので、本書の引用先のページを挿入した。また、引用中にルビがある場合それは省略した。
水戸学は前後二期に分かれる。前水戸学は光圀の時代の十七世紀で、そこから百五十年ぐらいの中断があり後期水戸学になる。これは十九世紀の前半の幕末である（四六ページ）
前記水戸学とはなんであったか。
「何度もいいますように、水戸学というのは水戸藩の二代目藩主・光圀が開いた尊皇の学統です」（一一五ページ）
また藤田幽谷について説明するところで次の言葉が出てくる。
「ちなみに、当時の学問というのはどういうものであったかというと、儒学の古典を読み込むことが第一でした」（一二二ページ）
私は、水戸学というから、物理学、化学、生物学などと同じように新しい学説を探し出す学問の一つだと考えていた。しかし右の二つの説明から、当時は古典を読んで解釈することであり、したがって水戸学は光圀の述べたことを解釈することだと考えた。
その光圀の述べたことは何であったかというと、尊皇ということである。著者の訳文であるが、光圀の言葉を次に引用する。
「尊皇の精神を各方面に沁み通るやうにしたい。それが日本國民の當然守らねばならぬ大切な務め

ぢゃ」（三七ページ）
「元来天朝は自らの御主君で、将軍は自分らの本家ぢゃ。それ故、御主君たる天朝に對して深い眞心を捧げねばらなぬ。このことをわかりやすい史話を通して、一般大名らにも知らせる必要が大いにある。自分が歴史を作りはじめたのも、つまりこれがためぢゃ。」（三七ページ）
そのために『大日本史』編纂への道を切り拓いたのである。
後期水戸学はどうか。
著者は、文学博士・深作安文の『水戸學要義』を引いて説明している。『水戸學要義』では、前期水戸学を第一期、その後は二つに分けて、藤田幽谷を扱う第二期、後期水戸学を扱う第三期としている。（七一～七二ページ）
一七七四年生まれの藤田幽谷は、十八歳のとき、つまり幕末・維新に八十年近い隔たりのある一七九〇年を少し過ぎたあたりに、幕府の執政・松平定信から「何か書いたものを見せよ」といわれ、「正名論」と執筆し、「取り立ててやろう」という思いやりに応えた。
その中で幽谷は、徳川将軍が「王」と称さず、「摂政」として政治を行うことを述べた。定信はその論に「賤覇」、すなわち幕府を軽んじる気配を見てとり、幽谷を召し抱えることをやめた。（一二一～一二二ページ、一三七ページ）
当時の日本では権威と権力が二分されていた。天皇が「権威」を象徴し、将軍が「権力」を握り幕府が実質的に天皇を抑えていたが、表向きは頭を下げていた。そんな時代に「尊皇」を打ち出したのが、水戸学であり、藤田幽谷がその切っかけを作ったのである。（一二六ページ）

その後、幽谷は水戸で「青藍塾」を二十九歳の時に創設し、子弟をあつめ人材を養成した。そこからたくさんの弟子が生まれた。息子・藤田東湖、会沢正志斎が出ている。前期水戸学と後期水戸学のちょうど中間で最も重要な役割を果たしたのが藤田幽谷であった。(一一三ページ)

後期水戸学についてまとめる。

西尾氏はこう述べている。後期水戸学の大きな柱は尊皇攘夷と国体論である。尊皇攘夷とは、「皇室を尊ぶこと」と「国防」ということである。攘夷は外国の敵を討つということだから国防である。国体というのは、「日本とは何か」ということである。(一八七ページ)

後期水戸学を担ったのは藤田東湖、会沢正志斎、徳川斉昭である。著者は、藤田東湖については『藤田東湖の生涯と思想』(大野慎)(一八九ページ)、『弘道館記述義』とその翻訳したもの(二七一ページ)に拠り、会沢正志斎については正志斎の著書『新論』(第九章)に拠り説明している。徳川斉昭については『弘道館記』を撰述した水戸家第九代藩主として説明している。(二六一ページ)

なお、三人の生年は、会沢正志斎が一七八二年、徳川斉昭が一八〇〇年、藤田東湖は一八〇六年である。(二〇二ページ)

まず藤田東湖については『藤田東湖の生涯と思想』に拠って説明している。「三たび死を決して而も死せず」と詠んだ「回天詩史」(藤田東湖、二一五〜二一六ページ)にある三たび死を決して死なかった事情を追う形で、その行動を説明しているが、思想について触れられていないので、最後の部分をごく簡単に左記のようにまとめておく。

つまり、一八四四年に徳川斉昭が江戸で謹慎させられ、東湖も同時に江戸で幽閉されたこと、斉昭はそのとき官職を辞し長子が藩主になったこと、やがて斉昭はゆるされたが、東湖はさらに幽閉されつづけ、一八四七年になり水戸に帰ることになり、そこで著作生活に入った。（二一二〜二一八ページ）

『新論』の構成は「國體」「形勢」「虜情」「守禦」「長計」となっている。（二二六ページ）

形勢は世界情勢の分析である。虜情は諸外国が日本をうかがっている実状を記している。守禦は防衛、富国強兵策を語った国防論である。長計は長期的展望である。（二二六ページ）

西尾氏は、『新論』の一番の重点は「攘夷」すなわち国防にあると考えているようだ。第十章の「一国の士気を高める最善の策とは」と題した章に、

「攘夷などというと、『この国際化時代に、そんなことは考えられないよ』と思うかもしれませんが、日本という国を大事にして、国防を大切にしていこう、それが攘夷ということです。したがって、攘夷という概念は結局、国防問題に尽きるといっていいと思います。それを基本的な考えとして据えているのが水戸学です。決してむずかしい思想ではありません」（二五四ページ）

と述べている。攘夷が水戸学の基本だと述べているのだから、『新論』は、国防問題が最重点だと主張している、と氏は考えているると思うのである。

次いで、『弘道館記』『弘道館記述義』についての解説に移る。『弘道館記』は徳川斉昭が撰述したものとされている。それを藤田東湖が詳しく解説・論述したのが『弘道館記述義』である。（二六一ページ）

西尾氏は『弘道館記述義』に拠って両書を解説している。『弘道館記述義』には翻訳があり、これに拠っているのである。

両書の説明を読んで私は、氏は『弘道館記』の「乃若二西土唐虞三代之治教一。資以賛二皇猷一」の部分に関する『弘道館記述義』の解説が、両書の重点だと考えている、と理解した。

漢文の部分は「尭・舜・夏・殷・周三代にわたる政治や文化の秀れたところを取り入れて善政の助けとした」という意味であるが、『弘道館記述義』ではさらに続けて左のように解説しているという。翻訳したものを氏は載せている。そしてその部分がもっともおもしろいと述べている。（二七四〜二七五ページ）

「それなら唐虞三代の道はすべてこれを日本に用いてよいであろうかといえば、答えは否である。政治と文教の取るべきものはすでにほぼ前に述べた。ただけっして用うべからざるものが二つある。禅譲と放伐である」（二七五ページ）

と解説しているという。

禅譲は、徳高き者があれば、身分や地位を顧みず皇帝にすることで、放伐は、革命を起こし、武器で前の皇帝を倒してしまうことである。（二七五ページ）

『弘道館記述義』には、禅譲・放伐を口実に皇位をねらうものたちは、けっしてこの日本に生かしておいてはならない、とも書かれているという。（二七七ページ）

これを西尾氏は、万世一系の天皇を守らなければならない、というのが水戸学の決意である、と述べている。（二七八ページ）

本書はさらに藤田東湖の風情などに言及し、藤田東湖と西郷隆盛等との交友や「天狗党」の顛末などもかなり詳しく述べている。しかしここまでもだらだらとずいぶん長く書いてきてしまったので、それらは正気の歌とともに略し、後期水戸学の二大メルクマールをなす著作（二八五ページ）と西尾氏が書いている書（『新論』と『弘道館記述義』）のまとめで終わったところで、本文を閉めさせていただくことにする。

万世一系の天皇を守り、国防に務めよと主張しているのが水戸学であり、その主張があったから結果として徳川家は守られたのである、と理解して、水戸学を理解した気分に浸っているのが現在の私の心境である。

友人からは私の書いたものは分かりにくいとよく言われる。今回は、自分で読んでも分かりにくい。機会があれば、いつの日にかもう少し分かりやすいものに書き直せればと考えている。

（『架け橋』No.19　平成28年）

『アングロサクソンと日本人』を読む

『アングロサクソンと日本人』（新潮選書、渡部昇一著、新潮社刊、一九八七年）を読んだ。

古い本である、と思って読み進めてきたが、今は二〇一六年だから出版から三十年はたってない。アングロサクソンと日本人の民族としての違いを論じようとしているので、そうそう民族の特質が簡単に変わるとは思えない。そうして見れば三十年は長すぎるとは言えないだろう。しかも本書は増刷されている。私が買ったのは平成二六年であるが、そのときは二〇〇四年二七刷とあった。長年読み継がれてきた名著である。本書の要約を作る目的で読み始めた。

本書の構成は六章に分かれている。第一章は、ドイツからイギリスにやってきたアングロサクソンは当初は先祖崇拝であったが、キリスト教が入ってきて先祖とは関係のない神がアングロサクソン(ゲルマン）の神になった、ということが書かれている。（　）内については後で出てくる。

第二章は、英語は一時消えた、つまり歴史の表面からなくなった、ということが書かれている。なくなってしまう前のドイツ語みたいな英語を古英語という。

第三章は、日本では商工業がすくすくと伸びなかったが、イギリスでは伸びた。そしてこのことが一七世紀から明治維新に至るまでの日英の最大の違いを作った、ということが書かれている。

第四章は、一八世紀の初めのころに国家の責任者になったウォルポールの二一年間の長期政権時代に、富を増やし、やがてイギリスはコモンセンスの国になった、ということが書かれている。

第五章は、英語（国語）を整理したり規制したりするのに、国立の機関を利用しないことがイギリス人の誇りになった、ということが書かれている。

第六章は、二大政党制が戦後イギリスがふるわない理由の一つである、などの五つのパラドックスと、沈黙は金ではないという一つの忠告とが書かれている。

各章について本書の論旨をもう少し詳しく見ていきたい。

第一章は、アングロサクソンへ及ぼしたキリスト教の影響と日本人の仏教の受け入れ方の違いが焦点である。

イギリス人のことを普通アングロサクソンという。アングル人とサクソン人を合わせた名称である。どちらも今の北ドイツに住んでいたゲルマン民族の部族で、西暦四四九年にイギリスに渡ってきて住みついた。

イギリスでは六世紀の終わりごろキリスト教が入る。日本でもそう違わない時期に仏教がやってきた。どちらも自分の先祖と関係のない神という概念を持った高等宗教である。

本章では、アングロサクソンについて書いてきていたかと思っていたら、キリスト教が入ってきたあたりから、説明がヨーロッパに拡大されていて、アングロサクソンと日本人が、ヨーロッパ人あるいはゲルマン人と日本人になったかのように感じた。キリスト教の影響はヨーロッパとして一括りにできるものなのだろう、と考えた。ヨーロッパではキリスト教に改宗するや否や完全にキリスト教になった。しかし日本では古い神道が根こそぎなくなることはなかった。日本は仏教と神道の両方を受け入れたのである。

先祖神と関係のない高等宗教が入ってきて、アングロサクソンでは王が神とつながらず、王は神から特別の恵みを得た人であるという風になった。その結果アングロサクソンを治める人はアングロサクソンの先祖ではなくてもかまわないことになった。実際イギリスでは一一世紀以来アングロサクソン人の王室はないという。しかし日本では天皇の系図は神様と切れてない。著者は書いてないが、日本人を治めるのは日本人なのである。

第二章の英語が表面から消えたいきさつのまとめはちょっと長くなる。

第一章で見たように今の北ドイツにいる人がイギリスに移住したのである。だから英語は元来は完全にドイツ語の方言であった。イギリス人がイギリスの島に住みついて約四百年たったころのアルフレッド大王（在位八七一～九〇一年）の時代、あとからきたゲルマン人であるバイキングが荒らしにきたが、王はそのバイキングと戦い抜いて、南イングランド一帯は自分たちの勢力圏にとどめた。それでアングロサクソン人の文明、文化がイギリスの島に残った。

その文化は百五十年維持されたが、ハロルドという王のときの一〇六六年に、フランスのノルマンディにいたノルマンディ公ウィリアムがフランスからイギリス征服に出かけてきた。両者の戦いの中、ヘースティングの戦いでハロルドは戦死して、その後ウィリアムが即位しイギリスの王となった。戦争はその後も続き、そのためイギリス側の貴族はほとんどいなくなってしまった。ウィリアムについてきた連中が、貴族としてそれらに置き換わった。彼らはフランス語を用いた。これにより公の場から英語が消えたのである。この征服者の後を継いだ王は、ノルマンディーなどの広大な領地がフランスにもあった。

しかし一二〇四年にフランスの中のイギリスの領地ノルマンディーを失う政治事件が生じ、さらに、一二一四年にはあらかたの大陸の領土を失ってしまった。それをきっかけにイギリスだけの貴族ができ始めた。そしてゆるやかに上流社会の中で英語が復活してくる。

完全に復活したのは一三六二年で、これは英仏百年戦争（一三三七～一四五七年）の間である。百年戦争の間に国家意識が目覚めてきたのだ。一三六二年には議会が英語で開会を宣言する。法廷で訴えるのも英語を使ってよいことになった。一〇六六年から一三六二年の約三百年間、英語が英国の公式の場になかったのが復活したのである。

そのため英語の特徴の一つにボキャブラリーがある。元来のアングロサクソン系の単語と借りてきた単語があり、著者は前者を「英語の大和言葉」としている。一方借りてきた単語は「英語の漢語」というべきものであり、ラテン・フランス系の単語が沢山ある。語彙に二つの大きな流れを作っていることが、英語の特徴である。

著者はここから日本語との関係を、日本にも国語が消えた時期があることと比較して述べている。『万葉集』の作られたと考えられる七六〇年ごろから『古今集』ができる九〇五年までの百何十年間、日本文学と言うべきものはないに等しいと書いている。この間はなんでもかんでも漢文であった。

しかしイギリスと一つ違うところがある。英語が公式の場から消えた三百年は、ほぼ完全に消えていた。それが日本では確実に残っていた分野がある。天皇の祝詞であり、王室が残っていた日本ではさらに、宮廷での話し言葉は日本語であった。

そういう違いはあるが、大和言葉と借りてきた言葉（日本語では漢語、英語ではラテン・フランス系の言葉）があることが日英の特徴である。公用語は外来の言葉を沢山使った文章とし、私的に情緒的にするときは、大和言葉的になるという、二つのレベルがはっきりと分れているのが特徴で、両者は似ているのである。

第三章は、都市、具体的にはロンドンであるが、その発展と商工業、特に商業の発展とが一対になっていることを述べている。農耕型民族の発想と騎馬型民族の発想の違いとして説明できるとし、商業は発想法としては騎馬型になる。ロンドン市ができて騎馬型の発想のウェイトが高くなり、商工業が順調に発展した。

日本でも、堺の町が世に知れ渡ったあたりまではヨーロッパとほぼ同じ歩調で繁栄してきた。しかし江戸時代に享保の改革、寛政の改革などで町人を三回つぶして、明治維新に至った。

一方イギリスは商工業がすくすくと伸び、商業取引の全般にわたってイギリスのスタイルに従うという世界的傾向になった。江戸時代があって日本の繁栄は他の進化から離れたようになったが、今では主流に復帰するまでになっている。

第四章はコモンセンスの国になったいきさつが述べられている。本書ではそれに「常識」の言葉をあてているが、コモンセンスは「誰でも持っているような知識」の意味ではなく、「誰でも持っているような判断力」の意味だとある。そこで本文ではコモンセンスのまま使う。

イギリスがコモンセンスの国になったのは、ウォルポールやヒュームのような人が出たからである。著者は本章の最後にそう結論している。

ウォルポールは一七二一年〜四二年の二一年間の長期政権にあった人である。イギリスの対フランス、対大陸への劣等感は、この長期政権の間に消えていった。

ウォルポールは初めて首相といわれるものになった人で、その方針は、戦争をしなければいいだろうということで、条約を結ばない、戦争に巻き込まれない、とこれだけを二十一年間確実に守った。またその間に、政争に敗れても敗れた側の私有財産には手を出さず、命も保証されるようになった。このことがイギリスの議会制度という、人類に贈ってくれた最も平和な政権交代の方法の根本にあるものである。

ウォルポールが実践したことを理論的に裏付けたのが哲学者デイビッド・ヒューム（一七一一〜

七六年）である。

ヒュームの哲学は、人間の理性は未来の要因をすべて見通せるほどのものではない、人間の理性なんていうものはそんな大したものではない、という結論である。その結果、理屈が通れば怪しい、あまり理屈は言わないことにしよう、コモンセンスでいいじゃないかというコンセンサスができた。また初めから理性を信用せず、自由を一つでも増やせるような手段を見つけることが一番重要であるとした。それが政治的にみんな自由を感じ始めていたウォルポール直後の情勢に合致して、受け入れられた。

第五章でもウォルポールが活躍する。

英語が公用語になって三百年ぐらいたつと語彙も豊かになり文法もととのい、英語は大陸先進国と並んでつかえるようになったという意識がイギリス人の間に出てきた。一六六〇年前後である。

その後英語改善の声が起こり、一八世紀の始まりのアン女王（在位一七〇七〜一四年）のころ、ガリバー旅行記の著者スウィフトが提案するような国立(王立)の国語アカデミーができるところであった。しかしアン女王が急死して、できなかった。そのあと英語の全くできないジョージ一世という王が外国からきて、ウォルポールが首相になった。ウォルポールは英語を整理する国立の機関を作ろうという案には耳をかさなかった。

ウォルポールが首相の間に国語意識が変わり、一八世紀半ばすぎると、国が金を出してアカデミーを作り、そこが辞書を作るなどということは、イギリスの自由な精神と相容れないというまでになった。

第六章は、イギリスを通すことによって見られる五つのパラドクスと一つの教訓である。ごく短くまとめる。

第一は、二大政党制は、政党に共通の基盤がないと、引っ繰り返しごっこになる。二大政党制は時代遅れになりつつあるという思いがする。

第二は、議会が国民の生活を守らなくなった。行政と立法が実質一緒になってしまった。

第三は、英語のせいでイギリスからアメリカへ頭脳流出するようになった。

第四は、イギリスはその平和主義のために、二度も対戦の惨禍を蒙った。

第五は、社会保障制度という善意のために困った状況に追い込まれているということである。経済的に十分検討して設計したが、ペニシリンの発見を見落としていたのである。

教訓は「沈黙は金」ではなく、「沈黙は同意」であるというものである。

本書を読んでまとめようと思ったのは、太田述正さんのコラムを読むようになったからである。太田さんはアングロサクソンの考えを引いて説明する。それが説得力のあるものに思われ、いつかは太田さんのアングロサクソン論を読み通したいと思っていた。そんなときに同様の内容と私に思われた本書を知った。

読了して自分の糧にできたものと思う。ただ間違って理解している点があるのではないか、また本文は百パーセント引用であるが、その引用が間違っているのではないか、と慮れている。ご寛恕を乞う次第である。

（『架け橋』No.22　平成29年）

『日本会議の研究』を読む

そもそも日本会議とはどういう組織なのか。それを知るには日本会議のホームページに因るよりも、日本語ウィキペディアの「日本会議」に因った方が分かりやすい。

日本語ウィキペディアの「日本会議」における「設立の経緯」「活動・主張」から私がいくつか選んで要約し書き出してみる。それにより日本会議の位置付けが分かると思う。

設立の経緯では、

一九九七年に「日本を守る会」と「日本を守る国民会議」を統合して設立された。

日本を守る会は、一九七四年に、円覚寺貫主・朝比奈宗源が神道・仏教系の新宗教に呼びかけて結成し、保守的な政治運動を行っていた。

日本を守る国民会議は、一九八一年に、最高裁判所長官を務めた石田和外らの呼びかけによって財界人・学者中心で、元号法制定を目的に結成された「元号法制化実現国民会議」を改組して作られた。

活動や主張では、

〝美しい日本の再建と誇りある国づくり〟を掲げ、政策提言と国民運動を行うとしている。活動と主張を抜粋すると左記のようなものがある。

皇室では、男系による皇位の安定的継承を目的とした皇室典範改正、
教育では、学校教科書における「自虐的」「反国家的」な記述の是正、「ジェンダーフリー教育の横行」の是正、
憲法改正では、新憲法の制定をめざしており、「軍事力増強」「緊急事態条項」「家族保護条項」の条文化をとくに重視している。
その他、靖国神社に代わる無宗教の「国立追悼施設」建設反対、
外国人地方参政権反対、「夫婦別姓法案」の反対、
設立の経緯と主張から、どのような人が参集していて、どのような活動をしているか、漠然とではあっても、「日本会議」の概要はつかめるのではないかと思う。
そして私は「日本会議茨城」という「日本会議」の茨城県支部に相当する組織の理事をしている。
そんなことから『日本会議の研究』（菅野完著、扶桑社刊、二〇一六年）がたいそう売れていると いう記事を見て、日本会議がどのように書かれていてどのように評価されているのか、知りたいと思った。また逆にこの本に対する自分なりの評価をしたいと考えた。
ところで本書の著者名はなんと読めばいいのかと少し悩んだ。日本会議の会員に配布される会の機関紙『日本の息吹』平成二十八年十月号に、ちょうどよく田久保忠衛日本会議会長が「日本会議への批判報道を糺す」と題し反論を書いており、本書についても触れられていた。そこには「すがたのたもつ」とルビが振ってあり悩みは解消したが、これはまあ余談である。会長の反論については引用す

るつもりでいたが、本文が長くなり過ぎたので略する。

さて読もうと思ってページを繰って、その最初からつまずいてしまった。「はじめに」とある二ページめの出だしである。出だしの部分を引用する。


安倍政権の暴走が止まらない。

2012年に第二次安倍政権が発足して以降、特定秘密保護法の採択、集団的自衛権に関する閣議決定、「安保法制」の強行採択と、傍若無人な政権運営はとどまるところを知らない。


ここを読みもうこの本は読むに値しないと判断した。いつもならこの段階でお蔵に入れて後は放置することになるのだが、今回は日本会議茨城の理事として、内容を吟味するつもりでいたから、我慢して読み進めた。本書のどこかで、先に引用した特定秘密保護法などのどういう点がいけないのかということに関し、何らかの理屈のある説明が出てくるだろうと、多少は期待したからである。しかし一回読んだだけでは、見つからなかった。

私の読み取ったところでは、本書がとくに述べたかったことは、日本の会議の運営や宣伝などに携わっている人たち、これらの人たちを本書では「一群の人々」と称しているが、それらの人たちが「生長の家」の出身であるということだけである。日本会議のやっていることも述べてはいるが、あまり問題にしてないように思われた。しつこくなるが、私はそう読み取った。逆に言えばほかのことは記憶に残らなかったのである。

「一群の人々」は次の人々である。
椛島有三、伊藤哲夫、百地章、衛藤晟一、高橋史朗、安東巌。
「むすびにかえて」に著者はこう述べている。

本書で振り返った、70年安保の時代に淵源を持つ、安東巌、椛島有三、衛藤晟一、百地章、高橋史朗、伊藤哲夫といった「一群の人々」は、あの時代から休むことなく運動を続け、さまざまな挫折や失敗を乗り越え、今、安倍政権を支えながら、悲願達成に王手をかけた。

ほかに稲田朋美も「生長の家」出身ではあるが、「一群の人々」の中には入っていないようだ。そして安東巌が「一群の人々」の情熱を維持し続け、胸を熱くし続ける、カリスマ性を持った人物だとしている。著者は次のように述べている。引用中の事業本部長は、椛島有三、伊藤哲夫、中島省治を指すが、中島省治は「生長の家」出身ではない。

この事業本部長たちを束ね、運動全体を見渡す立場の人物がいるはずだ。このことからも、椛島有三より前に学協の代表を務め、「生長の家」教団の中にあっては伊藤哲夫の上司を務めた安東巌こそが、「谷口雅春なきあとも、彼らの情熱を支え続ける存在」「運動全体を見渡す立場にいる人物」と目するほかないのである。

繰り返すが、私の印象に強く残ったのは、椛島有三ほか日本会議に携わる人々が、「生長の家」出身だ、ということだけだった。その日本会議は、安倍政権を支えながら「改憲」という彼らの悲願達成に王手をかけた、と結論づけているが、それは叶えられないようだ。太田述正コラム二〇一六年十一月六日付けに以下のようにある。

いくら椛島さんが「責務を全うした」って、安倍チャンが願いを叶えてくれることなどありえないってのに……。

会の運営を実行する人々がどんなところの出身者でもいい。結果が大事で、その結果が得られそうにないのが問題なのである。

さてここまでで本書を読み私が感じたことは述べ尽くしているのだが、本書の販売差し止めを東京地裁が命じる仮処分決定を出した。扶桑社は、原本の一部を抹消した修正版を販売することを告知し、実際に販売を開始した。筆者は、もっと早くに本文を「架け橋」に載せるつもりで準備していたのだが、販売差し止めの仮処分に対しての出版者側の対応を持つことにした。修正版も購買したが、本文の内容に影響しないことが分かったので、大意を変更せずに「架け橋」24号に載せることにした。ただ、日本会議についての情報を大幅に書き加えた。

（『架け橋』No.24　平成29年）

国家を守れない憲法でいいのか

平成二十九年十月三日（火）、水戸市水戸京成ホテルで行われたケント・ギルバート氏の表題講演を聴いた。熱のこもった講演だったので、少し感動しながらメモを取った。さらに表題に関し得るところがあった。熱の冷めないうちに私が得たものを、メモ帳の記録を元にまとめておこうと考えた。なお表題には「緊迫する世界情勢と憲法」という副題がついていたが、両者を本文の表題とすると長くなりすぎるので主題だけとした。また、メモ帳を元にまとめたものであるから、大事なところを落としていたり、さらに誤解していたりする虞れがある。それらはすべて筆者の不手際によるものだとまずお断りしておく。

ところで講演は「美しい日本の憲法をつくる茨城県民の会」が主催して行われた。その茨城県民の会には、私が理事を務める「日本会議茨城」から選出された運営委員も活動しており、そんな関係から日本会議茨城から出席要請があり、拝聴しに行った。

主催者側から氏の履歴の紹介があった。一九五二年にアイダホ州で生まれ、幼時にユタ州に移りそこで育った。これを聞いて私は二つの点で親近感を覚えた。四年前の二〇一三年に夫婦で、孫の男子の高校生を伴って、アイダホ州に住む友人を訪ねたばかりだったので、懐かしさがよみがえって親近感を覚えた。また飛行機が着いたのがユタ州のソルトレイクシティで、そこまでアイダホ州のアイダホフォールズに住む友人が迎えにきてくれた。

さらに講演会から帰宅して、氏の生年月日をインターネットで調べたら五月二五日だった。私は一九四二年五月二四日生まれなので、私のちょうど十年後の生まれで、しかも私の誕生日にごく近い日にちの生れであることにも親近感を感じた。西洋占星術ではともに双子座であるが、これは戯言である。

講演は、日本は大国だと思うか思わないか、という質問から始まった。私は思う方に手を挙げたが、講演者の人数の判定は、思わない方が少し多いというものだった。ただ大国かどうかは講演の最後に明かされたので、このまとめでもそれに従う。

次いで江戸時代の日本がいかに優れていたかを述べることへ移った。しかし、氏は戦後を知るのが肝心であるとして説明を続けたので、マッカーサーの登場から述べる。

マッカーサーが日本に降り立ったとき、丸腰だった。それは日本を完全に制圧したことをデモンストレートするためであった。食事が出されたが玉子が一個であった。このことで民間の食料の不足を察したという。

マッカーサーの施策の説明が続く。

民間の食料援助のためアメリカの食料を緊急輸入した。

農地改革をやった。これは共産党より先にやった。つまり連合国にソ連があって共産党を禁止しなかったので、共産党より早くやる必要があった。

公職追放した。二十万人の有能な人材が追放され、国立大学が左に寄った。教育改革を行い、日教組ができ、自虐史観が蔓延した。朝日新聞を二回処分し、ＧＨＱの占領期間七年で朝日新聞は完全に腐ってしまった。労働組合を作らせた。共産党が入ってきた。国鉄ではその結果、国労になっていく。国労排除のため後に国鉄を民営化した。

陛下と会見した。最初は陛下から望まれた。その後十一回会っている。何を話し合ったかまったく残っていない。通訳も、一切しゃべらないままなくなった。

天皇制を残した。連合国側はトルーマンとマッカーサー以外は天皇の処分を主張した。

憲法を作った。マッカーサーは一九四六年二月三日に民生局の部下二四人に一週間で憲法を書き上げるように命令した。十三日にＧＨＱの案を日本に示した。これでなければ天皇を処刑するとして認めさせた。三月にこの憲法を出版した。

憲法の作成を急がせたのは、連合国に極東会議が作られようとしていたことによる。連合国は、日本をアメリカが支配するのがおもしろくなかった。そして極東会議ができあがり会合が開かれれば、憲法について発言する。それを抑えるために急がせたのである。国会で審議が始まってから極東会議が成立した。

ケント・ギルバート氏は日本国憲法を次のように評価している。

第一章　天皇

象徴がどういう意味なのかが分からない。

第二章　第九条　第二項
陸海空軍その他の戦力を保持しない。国の交戦権は認めない、と規定している。

第一項は真似した国があるが、第二項はコスタリカしか真似していない。しかしコスタリカはアメリカと同盟しており、軍はアメリカに依存している。また強い警察予備隊があり、普通の国家とは若干違った組織になっている。

氏は、これでどうやって国を守れと言うのか、というものであった。

こうして平和主義の憲法を与えたが、これはウォーギルトインフォメーションプログラム（ＷＧＩＰ）の一環として行われたものである。このＷＧＩＰは、

教育改革
憲法九条
プレスコード

などからなり、その中のプレスコードで言論は厳しく統制された。例えば音楽会を開くようなことさえ統制されたのである。神国日本の宣伝をしてはいけない、とか、南京大虐殺はあったとする、などとされたが、ケント氏は南京大虐殺はなかったと述べた。

さて今後の九条の扱いについての提案をされたが、氏は次の三つを提案した。

九条を削除する
二項だけを削除する
三項めに自衛隊のことを付け加える

この三つの提案のうち三つめが安倍晋三首相が提案した案である。

氏のお話では、自衛隊を付け加える首相の案でも憲法改正の役目を果たしているかのような雰囲気であった。しかし、それはアメリカの属国の固定化を目指すもので、絶対に認められないものだと私は考える。ただその考えは私のものではない。私の信奉する太田述正氏の意見である。

最後に大国かどうかについての回答があった。回答は日本は超大国であるというものである。理由は次の四つである。

GDPは世界第三位

通貨は三大通貨として認められている

人口はG7中の二位

国土は少ないが、海域を含めた面積では世界で六番目である。


以上のような点で超大国であり、大国として働くことを世界から期待されている。

繰り返しになるが、憲法第九条第二項に自衛隊のことを書き加えることでもよしとする、とケント・ギルバート氏は述べた、と私は受け取った。この点だけ私は、太田述正氏のそれでは属国の強化であるという考えに賛成であるが、そのほかについては今回の講演会のお話は納得のいくものであった。

ギルバート氏の今後の一層のご活躍を祈念して本文を締めることにする。


（『架け橋』No.26　平成30年）

『介護予防から看取りまで――最晩年の生き方――』を読む

本書は看取る人の心得と看取られる人の心得、さらに医師が看取る場合についても述べているすばらしい本である。私は、突発的事態にならないかぎり、これから何年もたたないうちに、本書に述べられている状況になるはずであるが、自分の今後に対する心構えをしておく上で非常に参考になった。人は誰もが死ぬ。その時の実態が述べられていて、このように看取られるならば、何も怖がることはないという安心感を与えてくれた。

本書は実は女房が鉛筆画を教わっている先生からいただいたものであり、その鉛筆画の先生は、本書の執筆者の医師からもらったものだという。参考になるからとその先生が下さったのである。女房はすでに読み終えて私に読むようにと渡してくれたのである。再度言うがすばらしい本である。講演の記録であるから読みやすい。多くの人に読んでいただければ必ず役に立つと考えて、まずは要約を作ろうと考えた。

そして読み終えた段階で、いま私が印象に残っているところを記憶だけを頼りに記しておきたい。なぜなら本書は七十五歳以上の人の臨終に対処する方法を詳しく述べていて、その年齢にあたる私がいま本書から得ている感動を、本書を見ながらまとめるより、いっそう強く伝えられそうに思えるからである。その後で前に戻ってまとめる。
遅くなったが本書の書誌的事項を載せる。

『介護予防から見取りまで――最晩年の生き方――』三輪谷博史著
平成三十年　順天堂精神医学研究所発行　電話　〇四八―九七八―八五九五

なおこの本には二十四巻三号　通巻六十五巻号と巻号数が振られているから、継続して出版されている雑誌の中の一冊だと思うが、雑誌の名前は出ておらず、また定価も記されてなかった。さらに禁転載とも記されているので、引き写しての引用はしないですませるつもりである。

またこの要約は私のメモの意味もあって、必ずしも正確ではないのかもしれないし、取り上げ方も偏っていると思う。本文をちらっとでも見て下さった方には、ぜひ本誌をお読みいただきたく思い、出版元に問い合わせしたところ、残部がある間は無料で配布して下さるとのお話であった。書誌的事項の中に出版元の電話番号も記載しておいたので、問い合せしてもらいたい。

七十五歳以上の人の死因の八十パーセントは、カヘキシアによるものであり、あとの二十パーセントが心筋梗塞やら脳溢血、交通事故、自殺などの突発的出来事によるものであるという。カヘキシアとは悪液質と訳されている。病状が進んできて食欲がなくなり食事が取れなくなった状態、取らなくても満足してしまうようになった状態で、体は体内にある栄養成分を利用して生命維持を図るようになる。その時利用するのは筋肉である。また脂肪細胞は褐色脂肪細胞化し、脂肪を代謝するように変化する。外から栄養を取らずに体内のものを使うので、体はしだいに痩せていく。カヘキシアが進むと傾眠傾向が出てくる。脳の活性を十分に行えるための糖が枯渇した状態だと筆者は考えているという。それでウトウトして寝ていることが多くなる。この時期に無理して食事をさせるとかなりの頻度で誤嚥性の肺炎が起こる。やがて臨終期に入り死んでいく。

臨終期には人は自らの呼吸を抑制し始める。脳内の酸素濃度が下がり、それが脳内にエンドルフィンという脳内麻薬をドカッと出すトリガーになる。死の準備として人に備わった苦しまずに死んでいく状態になるという。

カヘキシアになったら、不可逆的状態で、やがては死んでいく。しかしこの状態で適切に看取りを行えば二年ぐらいもつこともある。この間は本人は苦しみは少ないと思われるが、看取る側にとっては苦しい状態であり、看取られる人は看取る人の苦しいことを分かる必要がある。また看取る人は死んでいく人に十分な手当てをできなかったとの思いが残る可能性がある。

こうして苦しまずに死ぬ方法が分かってきたが、そこにいたるまでについてもこの本は十分に書かれている。その部分を前に戻ってまとめる。

死ぬ前に老化が起きるが、体からタンパク質が抜けていくことが、老化である。それを防ぐには肉を若い人の倍ぐらい食べることである。その上で体の中で増殖しにくい脳細胞と筋肉細胞を強化することである。筋肉の強化には、坂道を歩くことなどが薦められる。脳細胞はいろいろなことに興味をもつことである。

脳機能の低下が起こると認知機能の低下が起こる。認知機能の低下とは経験がなくなることである。脳細胞は赤ちゃんの細胞に戻ってしまう。そういう脳の人にできないことを叱ったり、怒ったりすることは解決にならない。かえってぐれてしまう。それを防ぐのには正しい介護予防が必要である。

それには二つのことをする必要がある。一つは、やってほしくない行動は徹底的に手伝うのである。仏壇に線香をあげるなどは、徹底的に手伝う。そうすると手伝わないとできなくなる。やってほしいことは絶対に手伝わない。かわいそうだと思って手伝うと、やがて認知症が進んでくると全部の面倒をみることになる。これをやれば最後までトイレに行くことができる。

筋肉の低下は、サルコペニアと言って、全身の筋肉低下が起こる。それを防ぐのは、負荷をかけた運動、つまりレジスタンス運動をし、十分な栄養を摂ることである。週二～三回、一回一～二時間ぐらいがいいとされている。休んでいる間に筋肉がしっかり作られるという。

ところで、私は朝練と称しブルワーカーという筋肉増強の機器を中心に、ボディビル擬の運動を朝行っている。週に二、三回とあったので、これまでは毎日行うようにしていたのを、週に三回に変更したのである。

こうして肉を食べ、筋肉を作り、楽しいことをやっていけば、ボケることなく長く楽しく人生を送れるとのことである。

さらにサルコペニアが進んで筋肉量が一定の量を超えて下がると、筋肉から二種類のミオカインというホルモンが出て、一つは脳に作用して食欲を低下させ、一つは消化管に作用して、少量で満足し、外からの食物の吸収消化を抑えてしまう。体の中に残っている栄養素を全部燃やす、あたかも死への準備のような反応が起こるのである。それがカヘキシアである。高齢の老衰だけの方はカヘキシアになると最長二年ぐらいで死ぬという。

そこにいたる前に、だんだん食事にむらが出てくる時期がくる。この状態をプレカヘキシアという。この時期は長期にわたるが、要介護状態になるのはこの時期である。また胃瘻を作るとカヘキシアになりにくくなり、十年ぐらい生きて、家族は大変な思いをするという。またカヘキシアになったら栄養を糖質中心にする。この時期に薬を点滴で積極的に与えることは、本人にとっては苦痛以外の何物でもないと筆者は考えているという。

最後に筆者は緩和ケアとして、ショートステイというシステムを利用し、家族と医療機関が協力して加療する緩和治療を行うことを提案している。ただ家族の意思もあり従来療法を選ぶことも否定はしていない。


（『架け橋』No.28　平成30年）

KOBOの魅力

女房が「KOBO」という自宅用のお墓を手に入れた。まったく新しい形式のお墓である。女房はそれなりに納得し、満足しているようだ。今後急速に普及していく気配を私は感じたし、実際に利用している人も多いという。そこでお墓の内容と、女房の手に入ったいきさつなどをまとめておこうと考えた。

ところでこのKOBOは「有限会社ブリーズガーデン」が世話をしてくれるものであるが、会社の住所・電話番号、代表取締役（以後社長と記す。女房の甥にあたる）鈴木暖一郎氏が立ち上げたホームページのアドレスを文末に載せておくので、ホームページをご覧になるか、会社に問い合わせればさらに詳しい内容を教えてもらえる。また、同社にはKOBOの見本が展示してあるので、それをご覧になれば、さらに理解が深まろう。

KOBOを考えついたのは、ブリーズガーデン社長の父上で、この方は女房の一番上の兄（以後兄と記す）である。ホームページの情報と兄の話とから私なりに理解した内容についてまとめる。

まずはKOBOとは何か。

それはガラス製の「てのひらサイズ」のお墓だ。ガラスを吹いて丸くかたどったもので、外側のガラスの球体の中に小さいガラスの球体を封じ込めたものである。中に入った球体の空間に粉骨を詰め、詰め込む時に使った穴は二度と外れないように封をする。外側の球体の形は、円形や茄子形など好みの形が選べ、色も各種のものがそろっている。女房が受け取ったものは、洋ナシ型の赤色のものだった。これが持ち運び自由なKOBO、小さいお墓である。なお、ガラス製の「てのひらサイズ」で粉骨を入れた墓という内容で実用新案の登録中だという。

兄は両親、そのお墓が遠方の霊園にあり、若いころは車を使って年に数回お参りしていた。それが歳を重ね、車の運転から離れてからは年に一度お参りするのがやっとになってしまったという。管理も大変なので、墓仕舞いしてお墓を自宅の近くに持ってこようと考えたが、墓仕舞いにかかる費用が一平方メートルの墓で一〇万円であった。

そこで兄は、自分に合ったカタチを考えた。まず安価で身近にあり、小さくなければならない。お墓に入れる遺骨は粉砕すれば納骨容器は小さくできる。墓石はガラスを使えば形状・色彩を自由に作れる。そして出来上がったものがＫＯＢＯだったのである。

兄は霊園の遺骨から分骨し、両親の分骨を合わせて粉砕し、自分の家の分と、叔父の分、弟の分、女房の分と四つ作りそれぞれに持たせた。費用は一ＫＯＢＯずつ負担しているが、それはホームページを見てもらいたい。今回は両親がすでに遺骨なので、併せてＫＯＢＯとしたが、普通は一体ずつ詰める。てのひらサイズなのでどこにでも安置できる。女房のもらったお墓は現在わが家の仏壇に安置してある。なお残りの遺骨は現在はまだ墓地におかれている。

日本では火葬しなければ遺体は墓地などに納めることはできない。墓地は、私有地におかれる場合もあろうし、女房の両親のように霊園に、またはお寺の墓地に埋葬するなども行われている。

ＫＯＢＯは、ＫＯＢＯ＝小墓《こぼ》、すなわち、小さいお墓と称するくらいだから、分骨したものを用いる。残りの遺骨は東京湾の漁業権のない場所に散骨するという。兄は、海そのものが、一般のお寺さんのお墓に相当するのだと言っていた。運んでもらう船の用意はすでにできているし、お坊さんについても、しかるべき人が決まっているという。なお散骨は、粉骨したものを水に溶ける布の袋に包んで行う。遺骨のままで散布してはならないし、粉骨のまま撒くものではないという。

万時結構尽くめだと思われるが一つだけ問題と言えば問題がある。

つまりこの方式は、粉にしたり海に散布したりというので今までとは大きく違っているから親不孝にみえる。そういう考えに立たれると広がっていかなくなるという点である。

しかしもともとが、このような小さなお墓を考えついた根本にあるのが、現在都会を中心にして墓地が無くなりつつあり、その値段が高騰していることにあった。そのため墓地を遠方に求める不便があり、その解消のためなのである。お坊さんの理解も得ているので、親不孝には当たらないと思う。

ところで私の家の墓は、私の住む現在地からそう遠くない土地にある。父が生前に作ったもので、父は長男ではなかったから、先祖代々の墓が父から始まっている。私は長男だからその墓を受け継ぎ、長男に引き継いでもらう。まだ父が購入したころは、一介のサラリーマンの給料でも買えたようだ。ただ購入とは言うが、使用する権利を借りているのだと聞いたことがある。

女房は私のもとへ嫁としてきたので、その墓を利用する。両親のＫＯＢＯをどうするつもりか聞いたら、自分の骨壺に入れてもらうと言っていた。

〈参考〉
有限会社ブリーズガーデン
〒１２５―００４１　東京都葛飾区東金町２―32―22
電話番号　０３―５８７６―４４７１
ホームページアドレス　https://www.breezegarden-kobo.com/

（『架け橋』No.29　平成30年）

牛乳は体に悪い

「食べもの通信」をいう雑誌がある。家庭栄養研究会が編集し、食べもの通信社が発行している月刊誌である。その二〇一二年七月号に「ここが心配！　学校給食の牛乳」という特集が組まれていた。特集の副題には「子どもの健康に本当に良いのか」とあるくらいだから、健康に良くない、と主張しているのだ。

私は、昭和四十三年に厚生省（当時）の研究職公務員になってから平成二十年に大学教師として定年退職するまで四十年間、畜産学の研究に従事してきた。牛乳は乳牛が妊娠分娩しなければ搾れないので、次の搾乳に向けて、分娩後いかに早く妊娠させるか、ということはとくに興味があった。牛乳が健康に良くないというのでは、わが商売はあがったりだと思ったのである。

また特集の副題で思い出したのは、似たような内容の単行本を書店で見たことだ。そのときは、おそらく「トンデモ本」のたぐいだろうと思い、買わなかった。

ざっと「食べもの通信」を読み終え、本誌が参考資料として挙げていた三冊の図書のうち「なぜ、『牛乳』は体に悪いのか」（フランク・オスキー著、東洋経済新報社刊、二〇一〇年）を購入して読んでみることにした。雑誌の中で、フランク・オスキーの著書がしばしば引用されていたからである。

三冊のうち二冊はフランク・オスキーのものであった。こちらを選んだのは、ネット書店のアマゾンで新刊本が販売されていたからである。購入し読んでから分かったことだが、本書はオスキーのもう一冊のものに加筆などをして再編集、改題したものであった。また先に述べた「トンデモ本」のたぐいだろうとしたものは、おそらくこの本だった。

まず雑誌の主張を抽出し、ついでフランク・オスキーの主張を取り上げる。

「食べもの通信」の特集は、全部で九章からなっている。全体でわずか十二ページのものであるが、給食に毎日牛乳が付く理由、カルシウム不足の問題、女性ホルモンの問題、牛乳アレルギーの問題、大量搾乳・超高温殺菌の問題、開示されない放射能汚染の問題と多岐にわたっている。そして献立を例示している章が二つあり、最後に牛乳の一律提供を見直すよう提案している。これらの問題点は、各章の表題から、中心になっているテーマと考えて私が書き出したものである。

「食べもの通信」の主張の中で私が大事だと思った点は、三つある。一つめは、現代の酪農家から得られる牛乳は、妊娠した牛から搾られていて、大量の女性ホルモンが含まれている、ということである。二つめは、牛乳によるアレルギーが増えている、ということである。三つめは、骨粗しょう症は牛乳では防げない、ということである。

これらの三つのことは、オスキーの著書と対比することができ、「食べもの通信」の主張が、検証できるので、取り上げたのである。ただ、女性ホルモンについては、著書本体中には述べられてなかった。しかし、解説において、著書とは別人ではあるが述べているので、検証できると考えた。

放射能の問題は、オスキーの著書にはないことでもあり、また牛乳に限ったことではないので取り上げなかった。大量搾乳・超高温殺菌については、経営上、衛生上の問題になり、多少私の専門から外れるので、割愛した。最後にカルシウムの吸収についてちょっと言及したい。カルシウムについては、骨粗しょう症と牛乳の関係について述べることで十分であるが気がかりな点があり、記録しておきたい。

まず一つめの女性ホルモンについて述べる。「女性ホルモンがたっぷり含まれている大量の牛乳、アイスクリーム、チーズ、バター、ヨーグルトなどの乳製品」を子どもに摂取させて、男の子の性腺はまともに発育するのか、女性は妊娠できるのかという心配がある、という。かぎかっこでくくった部分は雑誌の文言そのままである。

その中の「大量の牛乳」の「大量の」はどこまでかかっているのか判断しづらいが、私は「アイスクリーム」以下にもかかっているものと考えた。そうすると、大量の牛乳、大量の乳製品を摂ることが悪いと述べていることになろう。それは女性ホルモンを大量に摂取することになり、男の子の性腺に悪い影響が及ぶ、と主張していると解釈した。

二つめは、冷蔵技術が進歩して、多くの人が生の牛乳を飲み始め、それが生のたんぱく質を多量に摂取することにつながり、アレルギーを増加させる一因になっている、という指摘である。これについては、牛乳中の女性ホルモンによってアレルギーが増加した可能性があるとも書かれている。

三つめは、牛乳を飲んでも骨粗しょう症の予防にはならない、ということである。骨粗しょう症にはカルシウムが関係する。牛乳をたくさん飲んでカルシウムの摂取が多い国ほど骨粗しょう症が多いというし、さらにアメリカでの疫学的調査で、牛乳を飲んでも骨粗しょう症の予防にならないことが実証されているという。

フランク・オスキーの著書に移る。

本文では、「食べもの通信」のショッキングなテーマが本当か否かを書きたかった。オスキーの著書は、その検証用として十分役立つものであった。逆に言えば、本文は、書評ないし紹介が目的ではなかったので、要約して書くことをお許し願う。本書の主張を私は以下のように一言で要約したい。

一歳になるまでは母乳か、母乳にできるだけ近づけたミルク（現在の調整粉乳）を与える。離乳期（一歳から二歳）を過ぎたら牛乳は食事から除去する。

なお調製粉乳の言葉は、本書では使っていないが、私がそのように推察した。

オスキーは、調製粉乳は乳児に飲ませてもいいと述べていることになる。

オスキーは、一九八〇年代に活躍した小児科医師、小児科医学研究者である。本書は翻訳書である。そのためか原本の発行年が記載されていなかった。だから推定するしかないが、「食べもの通信」に書かれていたことで本書にないことは、原本発行のころにはまだ知られていなかったのだろうと考えた。それは牛乳には、女性ホルモンが多いということである。そのことを除けば、雑誌の内容は本書によって裏付けられていたし、解説まで入れれば女性ホルモンについても本書には述べられていた。また、女性ホルモンについても、プロジェステロンは多く含まれていることは、本書中に述べられている。

結論を述べれば、私が取り上げた三点、大量の牛乳・乳製品は男の子の性腺に悪い影響を及ぼす、生の牛乳はアレルギーを増加させている、牛乳は骨粗しょう症の予防にならない、ということは、本書からも示されていると考えられる。

さて最後に三点以外のこととして、カルシウムの吸収について述べる。一般に乳製品中のカルシウムは、ほかの食品由来のカルシウムに比べて吸収されやすいとされている。先にも述べたように、牛乳をたくさん飲んで、カルシウムの摂取が多い国ほど骨粗しょう症が多い、と「食べもの通信」に出ている。これは牛乳はカルシウムの吸収がよいことを前提としているし、カルシウム不足を扱った章にも、ほかの食品由来のカルシウムと比べて吸収されやすいことが書かれている。

だがオスキーは、牛乳には腸管でのカルシウムの吸収を阻害するリンが多く含まれているためにカルシウムの吸収率はかえって悪いと述べている。私にはどちらが正しいが分からないが、広く言われている、例えば栄養学の教科書にもそのように書かれている、乳製品のカルシウム吸収はいいということには疑問がありそうである。

ところで畜産学会は、女性ホルモンについて、反論するなり情報提供するなり、何らかの対応を考える必要があると思う。


（『架け橋』No.7　平成25年）

二章　アンソロジー

平成二十八年

平成二十八年は、いたく痛めつけられた年であった。ただいいことが一つだけあった。三月から六月までの三か月間、かなりひどいめまいに悩まされた。朝、目が覚めると、部屋の天井や電灯が反時計方向に回っているのである。起き上がれば体がふらつく。歩くのにもかなり用心しなければならなかった。

近くの掛かり付けの医師に見てもらったところ、めまいに対処する薬を処方してくれ、さらにめまいは危険な病気の兆候のことがあるから、精密検査を受けるように言われた。

めまいはこれまで二度経験しており、どちらもこの医師の処方で快癒していた。しかし今回はすぐにはなおらず、ふらふらするので日常の生活も憂鬱であった。生活に及ぼす影響は耳鳴りなどよりさらに大きく辛かった。

ここに耳鳴りという言葉を使ってしまったが、もう長いこと耳鳴りと花粉症で、東京医科大学茨城医療センターの耳鼻咽喉科に通院中だった。同科で頭部のＭＲＩ検査を受けた。危険な病気と言われたというのは脳内の異常を言っているとのことであった。その結果、異常はなかった。

そこから改めて別の診療である。黒っぽい透明なプラスチック板のようなものがついたゴーグルで私の両目を覆い、顔を右や左に動かして診察するのである。医師は私の眼球の動きを見ているようだった。顔を動かす時に眼球が細かく左右に振動するらしい。ネットで検索すると眼球振盪と出てくる。らしいなどと私の推定で書いているのは、正確には医師の診断の言葉をきちんと聞いてないせいである。まかせっきりなのである。概して男はこんなものだと思う。

何で読んだか忘れたが、病気のときは妻君がついてきてくれて、妻君がことこまかに医師に聞いてくれるのだという。なんともうらやましく読んだものである。じっさい本病院の診察を受けるたびに見るのは、多くの老人が夫婦でやって来ている光景である。

ゴーグル検査は、受理した「外来診療説明書」には「平衡機能検査（頭位及び頭位変換眼振検査）（赤外線ＣＣＤカメラ等による場合）」と書かれていた。眼振は眼球振盪を略したものだと思う。

しかしめまいは薬を三か月間処方してもらい、日常生活に支障のないところまで回復し、夏を乗り切った。

六月三十日に、腎臓の検査を受けた。これは人間ドックの結果、血中クレアチニン値が高いので専門医療機関を受診せよ、とのことで、東京医大で見てもらい異常はなかった。

九月六日に、恩師のお見舞いをした。

人間ドックの結果に、少し減量せよとあった。十月ごろから始めた。二か月くらいで五キロほど減量するハイペースであった。結果としてこれが次につながった。ネットには過度の減量も帯状疱疹につながるとある。

十一月半ばごろからである。右奥歯の付け根のあたりが、締め付けられるような痛みが続いた。これがはっきり治まらないうちに、十二月初めに今度は左目の奥が刺すような痛みにおそわれた。頭の左側も痛みだした。十二月四日は日曜日だった。日曜当番医に行くように女房には言われたが、我慢して翌五日にいつもの掛かり付けの医師の診察を受けた。

「目が痛いのは網膜剥離などのことがあるから眼科医の診察を受けること。本日は痛み止めを処方します」と診断された。

私は、長いこと東京医大の循環器科と耳鼻咽喉科にかかっており、眼科もここに行こうと考えていたので、五日はすでに午後になってしまっていたから、六日に診察を受けた。診察した医師は、ヘルペスという言葉を小さい声で言ったが様子をみるようにと帰された。七日。予約日ではないが、痛みに耐え切れず、眼科の同じ先生の診察を受けた。すでに顔や頭の左上の部分に「かさぶた」のようなものができていて、ただちに皮膚科に回された。そこでは顔を見たとたんに「帯状疱疹」と診断され即日入院となった。

この時はさすがに私の痛がる様子が尋常でないと思ったのだろう、女房が付き添ってきてくれていて、入院の手続きはすべて女房が整えてくれたのは幸いであった。

処置は、七日から十五日まで一日二回の点滴となにがしかの飲み薬が与えられた。点滴は抗ウイルス薬で、飲み薬は痛み止めが中心になっていた。頭や顔にできていた「かさぶた」がとれた十五日に退院した。かさぶたは十四日には取れていたが、左目の状態がよくない、腫れて開けにくい状態だったのを医師が斟酌して一日延ばしたのである。

退院後も皮膚科での痛みの治療は続いている。その次回の診察日は二月十五日である。

恩師が十二月三十日に亡くなられた、と知らされた。

前後するが、いい出来事が一つあった。入院中の十二月八日に知らせが届いた。「架け橋」の七周年記念賞の「俳句部門」に、私の出品した「良夜」が奨励賞に選ばれたのである。記念賞の投句条件である三十句すべてを良夜という季語を入れて詠んだものである。私の力ではまともな作品を提出したのでは賞に入るはずがない、と考えてとった奇手である。しかし正直うれしかった。

ここまでが長すぎる前置きである。そしてここから先は私の荒唐無稽な妄想である。他人の妄想など読みたくない方は、先は省略されたい。またこんな妄想で紙面を汚す無礼をどうかご容赦願う。

十二月十九日の明け方である。まだ目の奥や左側の痛みにうなされながら、夢を見た。若くして亡くなった弟が広い枯れた野原に一人で立っていた。

俳句を始めてから「大枯野」という言葉を知ったから、それが夢にも影響しているのだろう。弟が大枯野に一人で後ろ向きに立っているのである。しかも子供時代の、それも十歳以下の弟である。長ズボンをはいていた。寂しそうだとか、悲しげだとかの感想はわかなかった。

後ろ向きだから顔は見えないのにどうして弟だと分かるのだと問うかと思うが、後ろ姿にも特徴はあり分かるのである。句が浮かんだ。

弟が大枯野にて一人待つ

ここまでは夢も含めて実在の世界である。ここから先は妄想の世界である。夢の中で考えていたのか、起きてから考えたのかも判然としない。

一人で立っている弟を見て私は「あの世」とやらをすべて察した。

親子は一世、夫婦は二世、という。そのことが分かった。そしてあの世の仕組みを知った。また私を迎えにくるのは三十二歳で亡くなった弟だということも分かった。

女房に言うと、顔は見えた、手はつないだ、と聞く。見なかったし手はつながなかった、と答えると、それなら大丈夫ね、連れに来たのじゃないから、という。まだ死ぬ時期ではないという。女房にはそちらの時期の方が気になるらしい。

親と子のあの世で住む場所は全く別々である。親は親、子は子で集まり、兄弟姉妹が一群になって住む。連れ合いも共に住み、連れ合いの兄弟姉妹とはその連れ合いを通してつながり、兄弟姉妹以外の人も行き来できる集合体ができる。親子の連絡はない。

一人っ子で結婚しなかった人は一人で住むことになる。一人っ子でも連れ合いができて連れ合いに兄弟姉妹がいれば、その兄弟姉妹とは交流できるが、一人っ子のままではあの世でも一人っ子である。

弟一人を夢に見ただけでなぜそんなことまで分かってしまうのか。それが夢だからである。目と頭部に激しい痛みを伴う帯状疱疹で、脳までは侵されなかったが、何らかの影響はあって頭がおかしくなっていたに違いない状態で見た夢は、尋常一様でない結論を私にもたらしたのである。逆に言えば、あの世はどこにあるのでもない。私の頭の中にあったのである。これがもう一つの結論である。

頭がおかしくなった証拠とでも言えそうな症状がさらにあった。年が明けてからだが、高島易断などの占いでは節分より前は、前の年なので、平成二十八年に属する事象として扱えるのである。

まだ目の奥と頭の左側に痛みの残る一月十一日、女房と連れ立って大相撲を見に行った。四日目の鶴竜の取り組みの時である。制限時間いっぱいのほんのちょっと前、一瞬、意識がなくなった。そして夢を見た。鶴竜が引き落としだかで敗れたのである。意識はすぐに戻って女房に、鶴竜は負けたぜ、と伝えたが、試合は始まってなかった。結果は私の見たとおりの試合運びで鶴竜が負けた。「あなたが試合の始まる前に寝言みたいなことを言ったのがよかったのよ」。その後の女房の言葉である。予知夢と言っていいと思うが、そんなものを見るほど私の脳はダメージを受けたのである。

ところで本文の執筆は一月下旬である。目と頭の痛みがとれてきたので、これからはおかしな事象は起こらないと思う。

（『架け橋』№23　平成29年）

手に入れた虹はもう虹ではなかった

「虹」は『新明解国語辞典（三省堂、第三版）』にこうある。

（太陽と反対側の）雨上がりの空や、大きな滝のあたりなどに、七色の弓形をして見えるもの。空中の水滴に日光が当たって出来る。〔―の⓪〕（連体）それに夢を託することが出来る。すばらしい。

ここでは「〔―の〕（連体）……」の部分が使える。虹の何何とあれば、夢を託することができる何何となるとこう読める。つまり虹＝夢である。虹は夢を指すことができる。私はそう理解して私の過去を振り返ってみた。

ここでちょっと脇道にそれるが、虹についてのこの解釈にたどり着ける辞書が、わが家にある辞書では、この明解さんだけであった。わが家にある辞書は古い版のものばかりであるが、調べたものを念のため羅列しておく。

広辞苑（岩波書店、第二版）、学研国語大辞典（学習研究社、第二版）、言泉（小学館、第一版）、新潮国語辞典（新潮社、改定第一刷）、岩波国語辞典（岩波書店、第四版）、角川必携国語辞典（角川書店、初版）

である。発行年月日は入れなかったが、角川のものを除いてどれも昭和時代のものである。古すぎると感じたので、わが阿見町の図書館の辞書に当たった。

辞林（三省堂、初版第二刷）、広辞苑（岩波書店、第六版）、日本国語大辞典（小学館、第二版）

である。どれにも出てなかった。

さて私の過去である。私は、昭和四十三年三月に大学院修士課程を修了し、四月に厚生労働省の研究機関に就職し、研究職公務員になった。学生気分が抜けないままサラリーマンになってしまった。

私は普通のサラリーマンの子として育った。自慢する訳にはいかないが根はわがままのままだったから、普通のサラリーマンは勤まるはずがないと考えていた。ではどうするか。たどりついた結論が研究者であった。研究者こそいい面の皮であるが、当時はそんなことは考えもしなかった。しかし本来サラリーマンが勤まらない人間に研究者だって勤まるはずがないのに、そこがわがままに育ったから分からなかったのである。研究者が勤まると思っていた。愚かであった。

一年たたないうちに学生に戻ることを考えるようになり、辞表を出したりそれを上司の温情で引っ込めたりするなどをして、不満を露にしていた。本心には焼き餅焼きがあったのだが、やっていた研究業務が学位、つまり博士が取れなくなったと私が判断した時点で大学の指導教官に、再就職を斡旋してもらうことにした。

研究者はひとまずは博士を目指す。なまじ修士の学位をとっていたばかりに博士の学位が欲しくて欲しくてどうしようもなかった。

学位には学士、修士、博士があり、その中がまた専門によっていろいろに分かれるが、それは細かくなり過ぎるので、簡単に三つに分かれるものとする。しかし学位と言った場合、学士の学位や修士の学位を含めていうこともあるが、一般には博士の学位をさす。ここでも学位と使った場合はとくにことわらない限り博士をさすことにする。

当時は博士になりたくてなりたくて、そのことだけが頭を占めていた。これが先の明解さんの言う私の虹だったのである。虹の学位だったのである。

本来は自分のわがままから転職したいと考えていたのが、学位という虹が消えたとき行動を起こし、指導教官の斡旋により農林水産省の研究機関に移った。昭和四十六年七月であった。もう後はないと覚悟して移った。

農林水産省では牛の双子の研究を任された。誘起多胎と言っていたが、自然に妊娠させて双子を得る研究であり、農林水産省の大きな研究予算の一環として行われたものである。その大きな予算の目玉は、人工多胎と言う受精卵移植の技術を使う双子の研究であった。受精した卵を子宮に移植して双子を得ようとするもので、それをだれもができる技術にすることを目的としていたように思う。子宮に入れる卵は、発生が進んでいて胚の状態になったものを移植するので、正しくは胚移植と言う。

私の任された誘起多胎は胚移植の対照として行われたものだと今にして思うのだが、こちらでは事実上双子を作りにくいという結果が出て、人工多胎がよろしいということを際立たせればいいものだったのだと思う。しかし誘起多胎でも双子は産まれるのである。産まれても二つに制限するのが難しく、人工多胎の方が優れた技術だと私にも思われた。

幸いなことに私は上記の誘起多胎の研究で農林水産省時代に、一年の海外留学を果たすことができ、さらにそこでの研究を基に帰国後研究を続け、学位を授与されることになった。私の虹はこうして達成された。

そしてここからが結論である。虹と思ったものは手に入れてみると、虹ではなくなっていたのである。取れてしまうと恋焦がれていたことなどは、もはや思い出せないほどの出来事になってしまっていた。

「来てみればさほどでもなし富士の山」

というそうだが、そんな心境である。

そうは言っても、学位がなければ大学の先生にはなりにくい。私はこの学位のお陰で、修士までの指導教官のお一人であって博士を授与してくださった先生から、後年、助教授としてある地方大学に呼んでもらうことになった。そこで二十年過ごした。

私が指導した学生で修士で就職した研究者が二人いる。どちらも学位を渇望していると勝手に想像しているが、援助もできず、取れることをただ祈るばかりである。

（『架け橋』No.24　平成29年）

私の「架け橋」

私は、昭和四十一年に大学院修士課程に進学してから、平成二十年に茨城大学農学部を退職するまで四十二年間、研究生活を送った。広く言えば生物学の、ある分野の研究を精一杯やった。

同学の友人の話である。氏は、研究者で大学教授の子女と結婚した。義父の大学教授が亡くなり、遺品、とくに残された書籍と研究業績の整理を任された。整理できる人はその友人しかいなかったのである。

研究分野が近かったので、研究業績、書籍の価値が判断できた。貴重な学術書が多く、それらは古書店に引き取ってもらった。資料価値の高い書籍が多かったから書店は喜んでくれた。

業績と書籍を整理した結果、友人には義父が何を考えどういう研究をしてきたか、よく理解できたそうである。だがそれらに対する義母、友人の妻君である娘の関心の程度は、大きなものではなかったという。

本人と日ごろ接して直接見聞きしている人は、往々にして正しい評価ができない。友人はそうでなかったから、遺品から義父の業績や考えなどを客観的に抽出できた。だから後世の、例えば孫には祖父の業績などを理解できるのではないか。友人は、義父と後世との「架け橋」をこしらえたのである。

「架け橋」に「なかだち」や「橋渡し」の意味があることは知っていた。だが本来の意味は違っていた。辞書を引いてみればすぐ分かる。「藤づるや板などを組んで、けわしいがけに棚のように造り設けた橋の道」（学研国語大辞典第二版）とあり、「比喩的になかだち、橋渡しの意味にも使う」とあった。だからどうなんだとは言わないでもらいたい。これまでは「なかだち」の意味でしか使ってこなかったし、また今もその意味で使っていると言いたかったに過ぎない。

お話変わって、私は平成二十三年に「文芸家の会『架け橋』（代表二ノ宮一雄）に入会した。本会は同人誌『架け橋』を年四回発行している。「架け橋」の語は、文芸のアマとプロの「なかだち」をするという意味であろう。私はそう理解した。

私はまだ随筆のアマチュアである。『架け橋』を私の「架け橋」としてプロになるつもりで同人になった。まあそんな時代は来ないだろうが、それはそれでやむを得ないと思う。しかしさしあたって『架け橋』に投稿しようとワープロに向かって文章をつづるとき、至福のひとときである。

私は研究者であったから、研究業績もあれば、小なりといえども学術書もあり、読み散らかしてきた蔵書もある。とくに「読み散らかしてきた」と書いた蔵書は、古書としての価値が全くないものばかりである。それどころか学術書にしてからが、そうである。先の友人の父君とは違うのだ。残せば「ごみ」である。分かってはいるが未だに処分できないでいる。生物学は日進月歩で、古い学術書は内容も古くなっているから、古書の価値がないのである、と言い訳しておこう。

昭和六十二年四月、そのころのもやもやした気持ちを文章にぶつけたくて、私はＮＨＫ学園の文章教室を、「基礎コース」から受講し始めた。文章教室に入ったのは正解だった。続基礎コース・実践コースと勉強を進め、錬成コースという「文章友の会」のような教室を何年か続けた。うまいこと欲求不満のはけ口になったのである。

その後「自分史講座」が始まると、そちらを受講し、半生記をまとめることができた。まとまれば本にしたくなる。私は、豊丘時竹のペンネームで、生涯学習研究社（ＮＨＫ学園指定教材代理部）から、『引用されなかった研究』を平成十一年に上梓した。

ちょうどそのころ、「木村治美のエッセイ教室」が始まった。さっそくこちらに移り、今も続けている。

また、平成六年には「夢茶詩会」という地元の文章同好会に入ったが、そこが平成十年に休会になると「日本随筆家協会」に入った。豊丘時竹でかなり長く執筆し、その間に『平素の戯言――私のミセラニー――』を、同協会から平成十五年に出版した。

日本随筆家協会の随筆誌『月間ずいひつ』が平成二十一年九月号を最後に廃刊された。同会理事の二ノ宮氏が代表となって平成二十二年「文芸家の会『架け橋』」が発足し、文芸誌『架け橋』創刊号が八月に刊行された。

私は、平成二十三年に本会に入会する直前、氏に相談し文藝書房に『カシオペア旅行――一名誉教授のミセラニー――』の出版を依頼し、それを平成二十四年に上梓した。

駆け足で経緯を書いてきた以上の三冊は、ほぼ私の生涯と重なっており、私のささやかな「架け橋」である。子孫との「なかだち」になってくれればと密かに願っている。


（『架け橋』No.9　平成25年）

やめるのが一年遅かった

鳩山由紀夫元首相が菅直人前首相をペテン師と非難した経緯から、私は鳩山氏の後ろにご母堂の影を、つい重ねて見てしまう。言葉を言葉どおりに受け取って、その「言外の意」あるいは真意といったものにまったく無頓着な氏は、ご母堂や妻女など婦人方の庇護をずうっと受けてきて、今もなお受けているに違いないと、我が身を顧みて私は判断した。母親や妻女の庇護の下にある男は、言葉を言葉どおりに受け取ることを、まるで恥じないのである。

私は、私も発足に多少かかわった「随筆文化推進協会『随筆にっぽん』」を、平成二十三年五月十五日づけで退会した。言葉をその意味のとおり受け取ったことが退会の原因であった。鳩山元総理の失敗とまったく同じである。退会までの経緯には、私の稚拙さがよく出ていると思うので、自省の意を込めて、概略を残しておこうと考えた。

発端は、「日本随筆家協会」の解散である。そこからの経緯が『架け橋』三号の「編集後記」に要領よくまとめられているので、その部分をそっくり引用させていただく。

平成二十一年八月一日、日本随筆家協会の社長（筆頭株主）兼『月刊ずいひつ』編集長の神尾久義先生が亡くなられた。その年の暮れまで再建の道が探られたが目途が立たず、私たち協会員はそれぞれの考えに従って新しい場を求めたのだった。その結果、我が『架け橋』ともう一つのグループが成立した。後者は随筆一本で我が『架け橋』は広く文芸一般の集いとして活動しているわけである。

もう一つのグループとは「随筆推進文化協会『随筆にっぽん』」である。

後にこのグループの事務局長を務めることになるK氏から、電話とその後平成二十一年八月三十一日に届いた手紙とで「故　神尾久義先生をしのぶ会」の打ち合わせをすると連絡があった。十月十七日に出席すると、会はすでに「第二回実行委員会」になっており、「（新）日本随筆家協会設立運営構想（同人社型）」なる書類が席上配布された。日本随筆家協会に代わる新しい発表の場を作ろう、との提案であった。

次の会議は十二月十日に開催された。「随筆家の新しい会設立準備委員会の発足について」、と招集の表題が替わっていた。私はこの会で「編集長」に推薦された。

私は第四十八回日本随筆家協会賞（平成十五年）を受賞していたが、随筆を『月刊ずいひつ』に年四回載せてもらうことと、毎年の授賞式に出席するだけの平会員であったので、少なくとも編集長は勘弁してくれと告げなくてはいけなかった。しかし、編集部員は私を除くと女性だけであり、男が代表になった方が据わりがいいのかなあ、などと漫然と考えて、勘弁してくれと言わなかった。ために後日辞める結果になった。この時が最初の辞め時であったろう。

この会議であったか、次の会議であったか忘れたが、「編集部員が四人いるから、一人が一回一冊編集すればいいでしょう」という意味のことを言われた。さすがにこの時は、「そんなことはとてもできない」と私は拒否した。その時Ｋ氏が言ったのが、「編集はみんなでやりますから大丈夫ですよ」という言葉だった。

この時が二回目のやめ時だったが、Ｋ氏の言葉を言葉どおりに受け取って安心しきった私は、編集長は名目だけのものだと自分勝手に解釈した。そのためやめ時が一年以上遅くなったのである。

みんなでやりますから、の真意は、みんなでやってるうちに編集長の仕事は教えますから、の意味だったのだろう。編集は確かに役員全員でやり、肝心の部分は二冊目までＫ氏が担当した。ただ例えば、「新しい人が入ったから締め切りは過ぎていても次号に載せたいが」、などと問われたことがある。これなどが教えますから、ということだったのだろう、と今にして思うのである。

しかし私は、小学校からこのかた、遅刻するくらいなら休め、と言われて教育されてきていたので、締め切りに遅れることが大嫌いであった。なぜこんなことを聞いてくるんだ、自分で好きなようにやってくれよ、と考えていた。遅れてきた原稿も取り込んで本は作っていくのだ、と教えてくれていたのである。だが私にそんな意は全く伝わらなかった。

三冊目を出すための会合が平成二十三年二月二十四日にあり、K氏は編集を私に委嘱すべく、次のようなやりとりを交わした。

「次の号からはあなたに任せますから」

「分かりました。そのかわり締め切りに遅れた原稿は載せませんよ」

「いいですよ」

ここが三回目の辞め時であった。ただここで辞めては敵前逃亡になるところらえたのである。

五月一四日の総会の日である。K氏が言う。

「新しい人がまた入りましたよ。（締め切りはもう過ぎてますが）原稿がきたら頼みますよ」

おいでなすった。

「それはあなたが編集しなさい」

「編集部の仕事でしょう」

「やですよ。押し付けるのなら辞めます」

ついに言ってしまった。気持ちよかったが、辞めるに際し、すでに新年度だったから年度会費を払い、提出してあった原稿は返却してもらった。

辞めてお前はすっきりしたろうが、じゃあいったいぜんたいお前は会のために何をやったんだい、少しは会に貢献したのかい、と問い詰められそうである。というわけで、少しだけ弁解させていただきたい。

印刷所を決めることが当初必要だった。それが編集長の仕事だと決められたわけではなかったが、なんとなく責任を感じて、私は印刷会社を三つ回って経費の見積りをとり、会に提出した。その一つが採用された。

これで編集長の役目は終わったと考えていた。だから、編集部員に引き渡すところまでが私の仕事だと思っていた。そこで添削が終わった原稿は、直接K氏に送るようお願いしてあったかとも思うが、それが認められていたことから、編集部員もK氏も編集長は名目だけのものだと理解していた、とこれは今でも私はそう解釈している。

辞めてまもなく「文芸家の会『架け橋』」の同人にしてもらった。

以上、言葉一つ一つは、記録でなく記憶に頼って書いているので、必ずしも正確ではないが、大意は外していないはずである。


（『架け橋』No.4　平成24年）

平成二十四年

満年齢で七十歳を迎えた平成二十四年は、記録しておくべき年だった。

第一は、長いあいだ子供に恵まれなかった次男夫婦に待望の赤ちゃんが生まれた。夫婦の喜びようはそれはまあ当然だが、我が女房殿である。まるで自分の赤ちゃんででもあるかのように世話をしようとしている。生まれたばかりのやわやわとした赤ちゃんは触ると壊しそうで、私などはとてもだっこする気になどならないが、女房は平気である。生まれてすぐに抱き上げて、私の子よ、どうよ、と言わんばかりであった。その後もなにかと押しかけていっては、いそいそと手伝っている。

第二は、私の著書である。平成二十四年一月二十五日付けで、『カシオペア旅行』を上梓した。自費出版に近いものであるが、文藝書房から出版し、取次を通して店頭で売られるという。どれほど売れたかは全く分からない。全部で七百冊印刷し、私の手元には百冊が届けられた。先生先輩友人諸氏に断りなしに謹呈して、もうほぼ手持ちはなくなっている。

さてその書は、「NPO法人日本詩歌句協会」の「平成二十四年度第八回詩歌句随筆評論大賞」随筆部門の次席である「奨励賞」を受賞した。「大賞」にはならなかったが、次席ということで面目をほどこした。

第三が耳鳴りである。

平成二十四年の七月の第一週だった。朝起きたときのこと、なんだか今年は蝉がやけに騒がしいな、しかももうミンミン蝉が鳴いている、と思った。ひなびた町に住んでいるから蝉の音がしても不思議じゃないと思い、何日間か放っておいた。そのうち、どうもおかしい、耳の中でなんか音がしている、と気がついた。耳鳴りではなかろうか。

早速インターネットで耳鳴りを調べてみると、最初に目についたのが、これは治らないということに近い書き込みであった。やれやれやっかいだなあとは思ったが、そうは言っても何はともあれ医師の診断を仰がなくては。そこで七月十三日（金）に東京医科大学茨城医療センターの耳鼻科で診察を受けた。

ここでもやはり治りにくいとのことであった。しかし、耳鳴りは大きな病気の症状の可能性があるので、ＭＲＩ検査で脳内に異常がないかどうかを調べることになった。そして当面は、血流の流れをよくする薬を処方してもらった。ＭＲＩの検査日が二十五日、その結果を聞いたのが、八月二日であった。ＭＲＩに何の異常もみられなかった。

その日も薬を処方してくれるとのことであったが、前日一日耳鳴りがなかったので、放置しても治るのではないかとそのときは感じて、もらわなかった。だが、耳鳴りはなくなりはしなかった。

私はなんとか治療法がないものかと思い、インターネットのサイトを探しまわった。そしてたどり着いたのが、山下剛氏の「耳鳴り対策プログラム」であった。メールマガジンで、対策というか耳鳴りへの心構えを送信してくれるのである。八月十九日にその第二回目を受信し、すでに二十回以上受け取っている。一回目のものは「なるほど、分かった」とばかりにすぐに削除してしまった。もったいないことをしたと思う。

これまでに送信してもらったメールから理解したところは、脳に器質的な病変がないなら耳鳴りは必ず治る、心理面の影響が大きく、深呼吸しただけでも変化が現れる、といった内容である。治療にはタッピングという方法が薦められていた。しかしこのタッピングがもうひとつぴんとこなかった。

無理もない。氏はタッピングや耳鳴りに対する心構えなどを説いた氏の作製したＤＶＤと本を薦めているのである。いずれは買うつもりではあるが、まだ購入していないのだ。

ところで、この手の病気は健康情報誌に取り上げられる場合が多いに違いないと考えた。『わかさ』（わかさ出版）十月号に「耳鳴り・難聴・めまいがピタリとやんだ！」という特集を書店で見つけ、九月三日に購入した。

本に出ている内容を洗いざらい書いては営業妨害になるから書けないが、先の山下剛氏も執筆していて、タッピングの仕方がかなりくわしく正確に書かれていた。そのほか、ガム噛みや音響セラピーやらの方法などがたくさん述べられていた。私は、ガムを噛み、本書の中の音響セラピーを現在実施している。さらにインターネットで、体温を上げることが効果があると知った。これは風呂上りに耳鳴りが消えることが多いので納得できた。

耳鳴りの治療をいくつか続けてきたが、その結果としての現状はどうかと言えば、たまに半日ぐらい耳鳴りのない時間が現れる、という程度である。先は長そうだ。

いいことのあった平成二十四年であるが、耳鳴りのまま二十五年を迎えることになった。

（『架け橋』No.8　平成25年）

私の耳鳴りのその後

耳鳴りについては一度「平成二十四年」と題し「架け橋」に載せてもらった。だから初期の症状としてはかなり言い尽くした。しかし当時はまだ新しい治療法、補聴器を使う治療法は健康雑誌などにも報告されていない時期であった。そこで今回は、この新しい治療法に焦点を当ててまとめておくことにした。補聴器の治療を受けるまでは、年表風に簡単にまとめる。

平成二十四年七月第一週：耳鳴り発症。日付の記録はないし、この時はまだ耳鳴りとは気づかなかったので、何日か放っておいた。そのうち耳の中で何か音がしていると気づき、耳鳴りではなかろうかと思った。

同年七月十三日（金）：東京医科大学茨城医療センターの耳鼻咽喉科の診察を受けた。最初に言われたことが、原因不明の耳鳴りが多く、それは極めて治りにくいとのことだった。ただ時に耳鳴りが脳の重大な病気の症状である場合があるので、脳のＭＲＩ検査を受けることになった。また処方として血液の流れを良くする薬が出された。

同年七月二十五日：ＭＲＩ検査

同年八月二日：ＭＲＩ検査の結果の報告を受け、脳には何の異常も見られなかった。

その日も薬を処方してくれるとのことであったが、前日一日耳鳴りがなかったこともあり、放置しても治るのではないかとその時には感じて、もらわないことにした。だが、耳鳴りはなくなりはしなかった。

同年九月三日：『わかさ』（わかさ出版）十月号を購入。特集「耳鳴り・難聴・めまいがピッタリやんだ！」を読むためである。

さて、ここから少し詳しく経緯を説明する。山下剛執筆による「タッピング」という処置が有効である、という記事で、しばらく実施することにした。これは耳穴の横にあるでっぱり（耳珠）の前方の口をあけるとへこむ部分を人差し指と中指をそろえて軽くトントンと一分ぐらいにたたく方法である。

また、音響療法という、バックグラウンドミュージックを一日中流すか、ラジオでチューニングが合わない時に出る雑音を聞き続ける方法がいいともあったので、タッピングとチューニング不調時の雑音を聞くこと、この二つをしばらく実施した。治らなかった。

画期的とも思える治療法が見つかったのは、平成二十五年の十月ごろである。「壮快」十一月号である。新田清一という医師が執筆しているページである。氏の説明を私が理解したところでは、年とともに耳から脳に伝えられる音は減っていく。特に高音部の減り方が大きいという。高音部の音がひどく減ったことを脳が感知し、その領域の音を強くしようとする。つまり脳が過度に興奮するのである。その興奮が耳鳴りだというのである。

これはまだ仮説だと何かで同じ医師が書いていたのを読んだ記憶があるが、今回読み直した本書では見つけられなかった。しかし、この仮説に基づく治療法は、本書によればかなり有効である。どうするかというと、補聴器を使い高音部の音の聞こえをよくするのである。擬人法を使って言うなら、高音部が補聴器によって補われると、それを感知する部位の脳は音を強くしようとするのをやめる。つまり耳鳴りが消える、ということのようである。

本書には、それを指導できる医院は限られているとあった。だからそれらの医院で医師の指導で実施するように書かれていた。私の住居からはかなり遠くの医院ばかりだったので、しばらくタッピングとチューニング不調時の音を聞くことを続けていたが、運がいいと言うのであろう、平成二十六年三月一日（土）に、東京医科大学茨城医療センター耳鼻咽喉科の西山医師の耳の聞こえに関する講演会があった。そこで補聴器を使う治療があるというお話があり、この先生に診察してもらえば、補聴器治療ができると考え、窓口を訪ねた。

平成二十六年三月四日に診察を受けた。

同年三月十七日に補聴器の説明を受けた。

同年四月十一日に補聴器を借りた。

同年五月九日に補聴器の使い勝手を調べる診察を受けた。

同年五月二十三日に購入した。

とこんな具合にとんとんと進んでいった。

補聴器は、これは特定の製造会社の宣伝になってしまうが、どうもこの会社の製品しか、本治療には使えないようなので、それもやむを得ないと思う。ワイデックス株式会社の補聴器である。しかも医師の診察結果がないと買うことはできない。西山先生の診察を受けて、私は耳かけ型の、チューブで音を耳に導く方式のものを購入した。

補聴器はもちろん私の聞き取りにくい音域が聞き取れるように調整してもらった。それで本来は十分な処置だと私は思っているが、さらに私の場合は、本体からゼントーン、ゼンノイズと呼ぶ二種類の音が四六時中耳に届くように処置されている。

これでは却って耳にうるさくないかと案じられるかもしれないが、実際にかけてみると、ゼントーンはチャイムや鐘の音、ゼンノイズは先に述べたチューニング不調のラジオからでる雑音のような音の二種類であり、それらの音が耳鳴りの音より少し小さく聞こえている。特にゼントーンは私の気持ちを和ませてくれ、耳鳴りを忘れさせてくれるのである。

さてその結果であるが、私は戯れに「耳鳴り十日」と称している。耳鳴りが十二、三日続き、その後五日ぐらい無音の日が続く。そんな生活の繰り返しが始まった。無音の日々は補聴器を外したり、ゼントーン、ゼンノイズの音をさせずに、補聴器としてだけ使ったりしている。耳鳴りはなくなっても難聴がなくなったわけではないからである。耳鳴りがなかった時代はこんなにも楽だったのだと実感する。ただ耳鳴りがあっても、補聴器をつけてさえいれば気分がよく、耳鳴りそのものも聞こえてはいるが、ほとんど気にならない。今はそんな生活の連続である。

ところで私が耳鳴りを公言してから、何人かの人が、自分も耳鳴りであると知らせてくれた。その人々を数えてみると、私の年代で十人に一人ぐらいの割合で耳鳴りの人がいそうである。

（『架け橋』No.26　平成30年）

ボランティア活動

「茨城わくわくセンター」では、県内の六十歳以上の人を対象に、学習講座や各種の事業を行っていて、平成二十三年九月二日にはボランティア活動についての学習講座が開催された。東日本大震災からの復興に対して、ボランティア活動が非常に大きな助けになっている。そのことが、何もしていない私にも十分に分かってきていたので、勉強するいい機会だと考え受講した。

ＫＴ福祉研究所代表の松藤和生《まつふじかずき》氏による基本の講義「ボランティア活動とこれからの地域活動」がまず行われ、ついでテーマ別に、園芸ボランティア活動、地域におけるＩＴ仲間づくりの活動、食生活の自立を目的とした活動の三つが報告された。

教員養成講座を持つ大学はボランティア論、介護、福祉の講義が必要になった。そこで、大学で教えているということから基本の講義は始まった。まず学生についての話になった。

最初の講義は百人以上出てくるが、出席を取らないことが分かると、次回は半分になり、やがて一人も出席しなくなることもあった。だれか来るといけないので、出席者がいるかのように講義をしたこともあった。考査では、問題と答えをあらかじめ与えておいても落とす学生がいた、という。現代の大学生の生態の一端が示されていておもしろく感じた。

ボランティアとは何かを説明するために、ボランティアの変遷が述べられた。

一九七〇年代が日本のボランティアの始まりである。家庭の主婦が主体であった。肉体労働でなく、また世のためとともに自分のためになることを目的に行われた。点字、手話、朗読などがそれで、当時はどれも大事な作業であった。しかし今は、たとえば点字は、本などパソコンに取り込んでしまえば点字にしてくれるソフトがあり、必要性がなくなった。手話も、メールですませられるようになった。

一九八〇年代になると、学生が入ってきた。ボランティア第二期である。福祉施設が町の中にできてきた時代であり、「おむつたたみ」などをしていた。これらも今は必要とされなくなった。その時代に必要なものが選ばれていくのである。

一九九〇年代になると第三期と言い、六十代の男性が入ってきた。これまでは女性と学生の世界だったから、十時から始めると言っているのに、その時間に来るのはリーダーだけで、全員がそろうのは十一時。しかし始めれば真剣で、ただし、終わるのは十二時。ここからボランティアの楽しみである。活動一時間、楽しみ二時間がこれまでだった。それが男性が入ってきたことで十時に始まるようになり、団体らしくなった。この時期は自己発見、自己成就が目的であった。

一九九五年から二〇〇〇年にかけて、ボランティアが急上昇した。これは一九九五年の阪神・淡路大震災でボランティアが活躍したことと、一九九八年のＮＰＯ法の施行がある。とくに九五年はボランティア元年と言われている。そして二〇〇四年までが第四期で、多様化の時代であった。

それ以降は第五期である。そして今年は、東日本大震災復興を応援するボランティアで、ものすごいことになっている。

自分からお金を出しても行うという、世のためひとのためだった活動が、自己発見・自己成就の時代経て、二〇〇五年以降は、みんなが住みよい地域作りをしようというボランティアへと変化していった。つまり、仲間が集まって無償で社会的活動をするだけではなく、今は地域少年野球を指導したり、祭りを運営することなどもボランティアと考えられるようになった。地域作りの一つである。逆に祭りなどの「文化」は、ボランティアでなければ残せない時代になったのだという。

ボランティアにとって大切なことは四つある。自主性、無償性、社会性、先駆性である。中でも社会性、つまりだれかのためになっていることが最も大切なことだという。

私は、無償性こそがボランティアの最も大切なことだと考えていたが、報酬をもらうことは必ずしもその精神に反しないという。講演を聞いていた人の多くも私と同意見であったが、なるほど世のためにならなければ、無償で自主的に先駆的にやっても意味がないわけだ。

ボランティアとはなかなかにおもしろそうなことだと思ったが、さてやってみようと思うかと言えば、つい腰が引けてしまう。露骨に言えばやりたくないのである。

ところで松藤和生氏の講演をまとめてボランティア活動のなんたるかを知ることが、当初の目的であった。したがってここまでで私の目的は達しているのだが、講師の方々が挿話としてちょこっと話されたいくつかのことがおもしろかったし、書き残せもしたので、私の覚えとして残しておきたいと思った。それは次の三つである。

携帯を親指だけを使って使用しているとぼけるのが早い。（松藤氏）

木は動かすと枯れる。人は動かないと枯れる。(園芸ボランティア活動講師)
男は失敗を恐れる。男は一度に一つのことしかできない。男は理屈が好きだ。(IT仲間作りの活動講師)
男は一度に一つ、などは、私にはとうていできない、あれもこれも同時にこなしていく女房の神業を日ごろ見ている私には、ポンとひざをたたきたくなるほどの納得できる文言であった。

(『架け橋』No.5 平成24年)

そんな辞書を使っていては

赴任されたばかりの上司のKさんが、出勤してきて最初に言った言葉が、

「辞書はなにを使っていますか」

「あ、その辞書ではだめです。そんな辞書を使っていてはいい文章は書けません」

という言葉であった。

この一言に度肝を抜かれた私は、以後上司に忠誠を誓うはめになった。というと語弊がある。単純に「こりゃあだめだ」と観念し、「はいはい」と言われるままに行動することにしたのである。では何がだめなのかと言うと、「こりゃあ抵抗しても抵抗してもとてもだめだ、言われるとおりにやるし

かない」と観念したのである。そしてほぼそのとおりに、わずか一年だけだったが、部下としてつかえた。

だめだといわれた辞書は今も手元にある。名前は省略する。そして「用字用語新表記辞典」（第一法規）を薦められた。

早速購入した。これは今もたいそう重宝して使っている。国語の書き方の標準となるものを示そうとする辞書であり、その基になっているものは、昭和六十一年七月一日に内閣告示された「現代仮名遣い」である。

特徴は、横書きの辞書であること、見出しは「ひらがな」書きでカタカナ語がないこと、見出しの後に薦められる書き方を漢字仮名交じりの、または平仮名の表記で示してあること、どちらでもいい場合は両方を示してあることなどである。語学でいう正書法を示そうとした辞書だと思う。

文部省（現文部科学省）が遣うように定めたのだから、公人はそれに従わなければいけません、という意味のことも上司はしばしば話された。当時役人の端くれだったので、その言葉も印象に残っている。

一年後の転勤に当たり、まだ雪が軒以上に残る上司の宿舎で、春蘭茶を振る舞われて送別してもらったことも記憶に残った。

（『架け橋』No.8　平成25年）

上手に使ってもらう

人と人の縁は不思議である。私にとっては恩師だが、その人が、あんなに悪い人はこれまで会ったことがないと言われたりする。

人を見て法を説けという。

恩師は人を二分して見ていたようだ。一方は、自分が応援して成長させようとする人、もう一方は、あたかも熱い鉄を叩いて延ばすように、わざと難題を吹っかけて成長させようとする人である。わざと難題を吹っかける人には、例えばこんな調子だった。「Oさんは優秀だし文章もうまい。だから上がってきた文章は意地でも手を入れる」。叩かれたOさんは、今の流行り言葉で言えば、倍返しの仕事をしていたように見えた。

私は長く農林水産省の試験研究機関、○○試験場と地方名のついた試験場の研究職だった。恩師の上司の指導を受けたのは、研究職と事務職の間をつなぐ研究職にあった時期の中の一年間だけである。その仕事について二人目の上司であった。

前任の上司はどちらかと言えば、私に、試験場の立場を勘案して自発的に考え行動することを、期待していたようだ。これは恥ずかしいことだが、私の最も苦手な作業だった。地位がそれに伴っていなかったから、研究室側から攻撃の矢面に立つことも多かった。

師は、私をまず管理職の会議の一員とした。なに会議の議事録をとれ、というのである。管理職の会議の中ではもちろん小間使いで発言権はない。資料の作成や会議の内容のメモ、議事録の下書きの作成などであった。私を研究室から目隠ししたような状況に置いてくれたのである。攻撃はパタッと来なくなった。

後は、もう上司の言われるままに行動した。上手に使ってもらうことが、こんなにも楽しいものだと知った一年になった。転勤の日、女房と師の宿舎に呼ばれ深夜まで飲み、春蘭茶を振る舞われた。

（『架け橋』No.12　平成26年）

一つのメルヘン

私は、自分のこれまでの人生にそれなりに満足している。まあまあ精一杯やってきた。やるだけのことはやってきた、と思っているので、やり直すにしても同じ人生でいいと、とりあえず今は考えている。ただあの時に戻れるなら戻って全く別の人生をやってみてもいいと思える時点が一つだけある。日時まで正確に覚えている訳ではないが、高校二年生の一学期の四月である。

その時間、後ろの方の席だった私は、授業はそっち退けで友達としゃべっていた。「後ろの二人、おとなしく聞けないなら寝てなさい」と注意された。姉貴にしたいと思うような美人の若い先生だった。しゃべっていた相手はそんなことはしなかったが、言われたように私はふて寝をした。

　秋の夜は、はるかのかなたに、／小石ばかりの、河原があって、／それに陽は、さらさらと／さらさらとさしているのでありました。

　中原中也の「一つのメルヘン」という詩の一節目である。私はこの詩を読んで震えた。だから全部を引用したいところである。

　教科書の最初の項目が「近代の詩」で、島崎藤村から始まって中原中也までの詩を鑑賞するようになっている。教科書には書き込みがあったりするから、先生は逐条的に解説したのであろう。そして最後の授業では中原中也の一つ前までで解説を打ち切り、「皆さんはどの詩が好きですか」と生徒に聞いてきた。私はその時、先のようにふて寝をしていた。

　だれがどんな答えだったか覚えていないが、先生の結論は覚えている。

「皆さんが高村光太郎の『冬が来た』が好きだと言うと思ってました」

　ふて寝していても頭は動いている。「はい」と手を挙げながら起きて、こんな風に答えたらいいなあと内心思っていた。

「詩は理屈ではありません。心を動かす何かがあればいい。『一つのメルヘン』こそそんな詩で、『それに陽は、さらさらと／さらさらとさしているのでありました』のところでは、光のさらさらという音が聞こえたように感じました」

あのとき答えていたら、若いころから文学に進んでいたかもしれないと、後年たまにこうして思うことがあったりするのである。

（『架け橋』No.24　平成29年）

詩に感動した時もあった

私は自分のこれまでの人生を、それなりに精一杯やってきた。中学を卒業するころからは、直近の試練、それは高校入試であったり大学入試であったり、学位であったりしたわけであるが、それらを突破するために勉強し仕事をし、そして突破してきた。あるいは試練の高さを下げるなどのことをしてきた。それらを突破するたびになにがしかの喜びや感動はあったと思うが、過ぎ去ってみれば、ただの事実の積み重ねとして記憶されているだけである。感動の記憶はない。

試練を突破するためには、それらをばら色の夢として自分の前に置き努力することになるが、突破してしまうとたんに「ばら」色でも「夢」でも何でもなかったことに気がつく、ということの繰り返しだったのである。だから感動はわかなかった。その一例について、「架け橋」二十四号の「手に入れた虹はもう虹ではなかった」に述べた。

だが私の人生の中で、手に入れなかったばかりに、世にこんなにすばらしいものがあるのか、と気づかせてくれたままに終わり、だからその時受けた感動が残ったままになっているものが一つだけある。中原中也の「一つのメルヘン」という詩である。この詩を読んで純粋に感動した。ただし今回のテーマ「人生で最も感動したこと」に対する回答としては、どこか少しそぐわない、ピントが多少ずれているように感じているが、そのことについてはご容赦願いたい。

高校二年の一学期の四月の講義でのことである。そしてこれについても「架け橋」二十四号の「特集『もし人生をやり直せたら』」に「一つのメルヘン」と題してすでに述べた。

あのころ私は、確かに詩が分かった。あんな訳の分からない詩でさえ分かったのである。しかしその後は理系に進んだこともあって、あのような感動に二度と合えなかった。

（『架け橋』№25　平成29年）

ほとんど終わったと思ったが

幼稚園の窓があいて、落ち着いた感じの婦人が顔を出した。すぐに女房が言葉をかけた。

「S先生ですか。小杉山です」

「まあ小杉山さん。どうぞお入りになってください」

平成二十六年七月二十三日、盛岡市にある聖パウロ幼稚園を訪ね、入り口のあたりで玄関はどこだろうかと、うろうろと三人で探していた時だった。先生はだれが訪ねてきたかすぐに分かり、入り口の門扉のところまで来て、われわれを建物の中に招じ入れてくれた。

女房と私は、長男の娘、私から見れば孫娘になるが、その孫娘をつれて、七月二十二日から二十四日まで、平泉と盛岡の二泊三日の旅行をしてきた。

長男には子供が二人いる。十七歳になった兄と十歳になるこの娘である。十七歳の孫は昨年アメリカ旅行に連れ出していた。このことについては後述する。それで今回は娘との旅行を計画し、お父さんが卒業した幼稚園を一緒に見に行こう、と言って誘ったのである。「お父さんの幼稚園」が功を奏したか、孫娘は我々二人と一緒の旅行に同意し出かけてきたのである。

幼稚園の建物の中に案内された私たちに、先生は担任だった園児の名前を挙げて懐かしいと言った。また大人になった園児は判別できないが、女房を含め園児のお母さんは会えばすぐに分かる、そしてこれまでにも長男の同期生が何人か訪ねてきてくれたことや、Hさんの長男が両親と一緒に幼稚園の近くに住み、スクールバスの手配をしてくれたことなどを話してくれた。長男が小学四年になり次男が聖パウロ幼稚園の上級生になる年に、私たちは盛岡を去ったが、去ってから後のことを、こうしていくつも話してくれた。

実は私は、ひょっとしたら担任だったS先生は園長先生として在籍しているのではないかと予想していた。どうしてそう考えたのかと問われても困るが、そのとおりであった。親は分かると園長先生は言ったが、これもそのとおりで、窓から顔を出した先生を見て、女房もすぐにS先生と声をかけた。

最後は四人の記念写真を、近くにいた職員に撮ってもらい、幼稚園を後にした。

その日は夕食に「わんこそば」を食べ、その後、駅ビルでお土産物を前もって調べておく予定にしていた。目的のわんこそばのお店へ三十分ほど歩いて出向いたが、あいにくこの日は休業していた。帰りはもうくたびれ切っていたので、通りかかったタクシーに乗り駅ビルに行った。夕食はサボテンというお店の弁当ですませた。

翌二十四日は、市内見物をしてお土産を購入し、さらに駅近くの「東家」でわんこそばを食べ、午後の新幹線で帰途についた。

旅行はなるべく公共の交通機関を使うようにしたので、三日間ともよく歩いた。万歩計はどの日も一万歩を超えていた。最終日は、孫娘が万歩計を持ちたいと言ってつけて歩き、前日の私の歩いた歩数を超えたと言って喜んだ。

昨年のこの孫娘の兄とのアメリカ旅行は、JNSさんの招待によるものだった。私は一九七六年に、女房と二人の息子をつれてアメリカに一年間の研究留学をした。そのときに生活面の世話をしてくれたのが、私より五歳ぐらい若い研究者であるJNSさんだった。

JNSさんは、アイダホ州のアイダホフォールズという町に住んでいて、その町と隣のワイオミング州のイエローストーン国立公園を、車で案内してくれた。イエローストーンはオールドフェイスフルガイザーと名づけられた世界一の間欠泉で有名である。現役の高校生だから通訳代わりについてきてもらったが、日本以外の土地を知って、将来何かのときに思い出してもらえるのではないかと、私は期待したのである。

このときも私が孫たちにしてやれることはもうこれでほとんど終わったと感じた。外国をほんのちょっとだが見せることができたという満足な気分から、そう感じたのである。今年は孫娘に、父親の卒業した幼稚園と育った近辺を紹介できた。そしてその感じは一層強まったが、もっと小さい孫が次男のもとにいる。その子をハワイにでも連れていこうと思い、終わった気分は捨て去ろうかと思い直したところである。

話は変わるが、子供のころ次男がこんなことを言った。本人は覚えていないと思う。

「お祖母ちゃんが、ぼくが結婚したら死んでもいいと言っていたが、そんなこと言われたら結婚できないじゃあないか。僕が結婚したら死んじゃうっていうんでしょう」

母は、枕詞ぐらいに思って使ったのであるが、今の私も同じような心境である。

（『架け橋』No.14　平成27年）

三章　私の俳句理論

私の俳句

一年ほど前から俳句を始めた。始めたら自分なりに俳句についてなにがしかを得た。それをまとめてみた。かたわら、尊敬する古い友人で俳句を楽しんでいる人生の達人を紹介する。

話はあらぬかたへまず飛ぶことをお許し願う。私は株式を少しやっている。そのせいで、得した面がある。これは損得の得である。どなたも新聞をとっておられよう。得した第一が、新聞を読む欄、というより読めば理解できる欄が増えたことである。株式をされない方には株式欄はあってなきがごときものである。その株式欄は、新聞の一ページ分以上を使って書かれていたりする。それも紙代に含まれているのだから、むだな料金を支払っているのだ。少なくとも私は、この欄に何が書いてあるかは理解して新聞を購入している。

得したと感じる第二の点は、株式の状況からけっこう世の中の雰囲気が分かることである。安倍総理になり、明らかに世の中が明るくなった。株価が上がったのがその証しであり、世間は安倍総理を歓迎している。とここまでが長いが枕である。

さて新聞には必ず俳句の欄がある。わが家の購読紙は産経新聞であるが、本紙は毎週水曜日に俳句と短歌、川柳の欄が設けられている。俳句から世間の様子が知れるかどうかは分からないが、俳句を始めたら自然とこの俳句の欄に目がいくようになった。読む欄がまた一つ増えたのである。かつて囲碁に興じた時期には、新聞の囲碁欄をかなり熱心に読んだが、今はほとんど見ない。

二つめからは、俳句そのものについてである。二つめは、俳句は評も含めて鑑賞するらしいということである。これは、師匠の「架け橋」二ノ宮主宰にも確かめた。例を一つだけ挙げる。俳句欄を読み始めるようになって最初に覚えた句が、実はこれである。

平成二十五年六月二十五日付け「産経俳壇」の「寺井谷子選」にあったものである。姑についていたルビは省略した。

母の日の遺品となりし贈りもの
国東市　岸本千鶴子

〈評〉この一句を前に亡き姑のことが思い出された。遺品の一つに有ったのは、連れ合いが最初の給与で母の日に贈ったパラソル。包み紙まで大切に取ってあった。

私は、この句の意味が評を読んではじめて分かった。〈評〉と書いてあるから何かを評価している言葉だと思うが、私は、句をどう理解するかを「解説」したものだと考えた。そしてこの〈評〉がなかったら、私には十分に味わえなかったように思う。岸本千鶴子さんも、姑の遺品を整えていたのだろう。

三つめは、似たような発想の句というか、状況がどこか近い句があることだ。

母の日の遺品となりし贈り物
薄れたる梅酒の壜の母の文字
母の香の残る襟巻頬に当て
亡き父の背広の胸に赤い羽根

などに私はそれを感じたが、正しいかどうかは分からない。なお作者のお名前は略させていただいた。

さらに、たまたま携帯の検索サイトを利用し「夏目漱石、俳句」を検索したところ、次の句を見つけた。

元旦に生まれぬ先の親恋し

この句とよく似た句を二ノ宮主宰が榎本星布の句にあることを記している。

河豚喰うて生まれぬ先の父恋し

四つめは、俳句を作ってみると、語句を変えても形式だけは俳句になってしまう句があることである。私が作るものは多くがそうなるので、これは初心者の証拠だろう。

さて冒頭に述べた私が尊敬する人生の達人は、同期の酒好きの好々爺である。これまで氏ほどにうまそうに酒を飲む友人に出会ったことがない。そしてその氏が「俳句ほどおもしろいものはない、これだこれだと思った」と言って、一時せっせと投句した時期があった。『BE－PAL』（小学館）という、ハイキングや登山などを扱う雑誌で、これは今でも売られている。

それに二〇〇四、二〇〇五年に「だいこん屋主人の『ビーパル句会』」というページがあった。じつは友人はこの「だいこん屋主人」を人生の師としているので、投句にも熱がこもったにちがいない。それらはしばしば『ビーパル句会』に取り上げられた。例えばこうである。

葉桜の下でサボって西遊記

だいこん屋主人の評がふるっている。「笑わせてくれた駄句です」とあった。本人は俳句を作ることとともに、そのように書かれることも楽しんでいた。

雑誌はしまい込んでおり今とっさにはたどり着けずにいるが、国立国会図書館にコピーを頼み、写しを手に入れた。少しずつ読んで俳句の勉強をしているところだ。

とこうして古い友を引き合いに出すまでもなく、俳句はとにかく作ってみれば楽しい。しかもそれでよいと高浜虚子が言っているのである。『俳句の作りよう』（角川学芸出版）の最初のページに、「何でもいいから十七文字を並べてごらんなさい」とあった。これから虚子のそれを実践するつもりである。これが五つめである。

さて後日談である。友が、「だいこん屋」で行われている句会の結果の写しと『俳句　四合目からの出発』（阿部筲人著、講談社刊、一九八四年）を送ってくれた。後者は文庫本だが五百ページを超える分厚いものである。「だいこん屋主人」に薦められたが、ちょっと読んで分からなかったがためしに勉強せよ、と送ってくれたものである。二〇〇四年から作句を始めている友に読めないものを、私に読めるはずもないが、かじり始めてみた。

最後に、本文中において引用先を省略した場合があることを記しておく。

（『架け橋』№12　平成26年）

俳句随筆エッセイ論文

「文学の架け橋」について考えた。

「すなわち我が国の文学の固有の特質は、論理や思考ではなく情緒情操であることは、本文では紙幅の関係で割愛せざるを得なかった物語を含めて明らかである」（「我が国の文学の固有の特質」二ノ宮一雄、NPO法人日本詩歌句協会会報14号、一ページ）

二ノ宮先生は、「文学の架け橋」は「情緒情操」であると言っているのである。私はそう理解した。それではその情緒情操とは何か。先生は同右18号一ページに「詩情のすがた」として述べている。

要約して少し長めに引用する。

「文芸作品は、人間や自然の実相をある種の詩情をもって描いたものである。ある種の詩情とは文芸の各ジャンルごとにあり、それぞれのジャンルの中で深めるしかない。

深めるために他のジャンルの良き特性を活用することは有効である。俳句は短歌のリズム性を採り入れ、短歌は俳句の象徴性を採り入れるなどである」

つまり情緒情操とは「ある種の詩情」である。では詩情とはなにかとなるが、その定義は私の能力を超える。「情緒情操」も辞書を引けば定義されていようが、それは文学上の定義ではあるまい。そしてもちろん私の能力を超えるものではあるが、これは先生が「ある種の詩情」と翻訳してくれた。どちらの言葉に使うにしても論理ではなく感情であるから、読者諸氏はご自分の感覚に従ってご理解いただければ幸いである。定義できない言葉を使うエッセイなど読んでおれるかとはおっしゃらないでいただければ幸いである。ちなみに、二ノ宮先生は日ごろ我が「架け橋」における俳句等の指導において、「自得」するしかないと言われている。

しかし手掛かりがまったくないわけではない。長くなるが『俳句　四合目からの出発』の「解説日本人の発想の根をあばく」（向井　敏）から引用する。

「……この本のわけてもおそるべきは、初心者の句作における紋切型表現の点検を通じて、日本人に通有の発想の型をありありと浮かびあがらせたことである。

カンナはいつも『燃え』、火蛾《ほが》はつねに『狂う』。『一つ』だけ枝に残った柿はきまって『夕陽』に照らされている。梅は『一輪』、木瓜《ぼけ》は『一枝』、月光は『濡れ《ぬ》』、水は『岩を嚙み』、紺《こん》は『匂い』、妻は『若く』、母は『小さく』、帰路は『急ぎ』、秋の夜は『長い』。

年齢、性別、地位、教養の差に関係なく、だれでもはじめて俳句に手を出すとまず口をついて出てくるのがこうしたきまり文句なのだが、阿部筲人はそこに、『日本人の物の見方の共通点・最大公約数、あるいは最低水準線』を見、『てこでも動かぬ固い岩層』の存在をたしかめたのである」

ここに述べられたことどもが「ある種の詩情」だと私は考えた。俳句の分析から得られたものであるが、おそらくほかのジャンルにも当てはまると考えていいのではなかろうか。例えば、一つだけ枝に残った柿が夕陽に照らされている情景などは、思い描いただけで感情が揺さぶられるのである。このように、日本の文学の何かが我々の感情を揺り動かすが、その何かが「ある種の詩情」なのだと思う。

それでは西洋の文学には「ある種の詩情」はないのかという問題が起きるだろう。私にはその解答は出せないが、最初に引用した二ノ宮先生のエッセイは「我が国の文学の固有の特質は、論理や思考ではなく情緒情操である」と述べているので、論理や思考が西洋の文学の特質だとしているように思える。

つまり、我が国の文学には、阿部筲人が述べたようなことから浮かぶ「ある種の詩情」という架け橋がある、という結論になるのかと思う。私は文学の素人で、それが、二ノ宮先生の言葉を借りたとはいえ、「文学の架け橋」といった大それたテーマについて述べてきてしまったことをご寛恕を請う。

ここまできて、我が国の文学のあるジャンルとそれに相当する西洋のジャンルとを比較して、「ある種の詩情」について比べてみる必要が残されたかと考える。日本の詩と西洋の詩は、カウンターパート、一知半解なカタカナ語を使う無礼はお許しいただくとして、カウンターパートになり得るが、私のよくするところではない。エッセイ、二ノ宮先生はエッセーを使っておられるが、私はエッセイの方がなじむのでエッセイを使わせていただき、そのエッセイと随筆を取り上げる。

二ノ宮先生の「我が国の文学の固有の特質」の中に、「近代になって随筆がエッセーに当てはめられたが、これは明治の人のミスである。西洋のエッセーは事実や見聞と意味思考を書くものであった」とある。

新潮社の広告誌『波』に石原千秋が「漱石と日本の近代」という作品を長く書いていた。氏はその作品の本年一月号の項にこう述べている。

「和辻哲郎の『面とペルソナ』(『思想』一九三五・六)はあまりにも有名なエッセイだが、「顔」と「人格」の意味について考えるためには、いまでもこのエッセイから出発しなければならない」

私はこの「面とペルソナ」を『和辻哲郎随筆集』(編者坂部恵、岩波書店刊、一九九六年)で読んだが、その感想を一言で言えば、文末に引用文献のない研究論文なのだと思った。だから石原千秋は典拠を載せない研究論文をエッセイだとしていると私は考えた。生物学関係の一研究者の意見である。

一つの例から一般化するのは少し乱暴であるが、一般化して言えば西洋のエッセイは研究論文であり、一方日本の随筆は情緒情操で構成された文学だということになる。

つまりは、二ノ宮先生が最初から出している結論をなぞっただけのように思える。

なお、本原稿はエッセイのつもりである。

(『架け橋』No.20　平成28年)

『俳句　四合目からの出発』を読む

私は、平成二十六年七月一日発行の『架け橋』第六巻第三号（通巻第十二号）に「私の俳句」を投稿した。これは俳句を始めてまだ間もないころに、私が俳句について感じたことをまとめたものである。その中で、早くから俳句を楽しんでいる人生の達人の古い友人が、『俳句　四合目からの出発』（阿部筲人著、講談社刊）を読んで勉強するようにと私に送ってくれたので、かじり始めてみた、と述べている。そこでなにはともあれ一回は読み通し、まず要約を作ろうと考えた。

しかし本書は解説を含めると最後のページが五二四ページにもなる大部のものである。だからその忠実な要約などはもともと無謀な計画であったのだが、一回読み通しただけでも、自分なりに分かったこと、つまり私の俳句の実作に役立つと感じた部分はあった。それをひとまずまとめておこうと考えた。

なおまとめるに当たって、本書に振られているルビは、引用や要約引用に際し、本文では用いないことにした。一か所、解説の中にある言葉、実は本書の本文中にこれがあるのかどうか、今は分からないので、解説の中から引くが、「子らの瞳」の瞳には「め」とルビが振られている。その引用部分は「瞳《め》」と表記した。

また本文は、その目的が私の実作の道しるべとすることであった。読者諸氏はそんな文章を読まされてはかなわないと思われようが、ご寛恕を乞う次第である。

私は本書を読んで、私の作句に取り込むべきところを三点見つけた。阿部氏のいう「べからず」を入れれば四点になるが、「べからず」はあまりに多すぎて今回のまとめには間に合わないので、後日を期すこととし、三つをまとめる。

そのうちの一点は、向井　敏が「解説　日本人の発想の根をあばく」と題し、あとがきに相当するところに詳しくまとめている。それは、次の言葉に端的に記されている。

「この本のわけてもおそるべきは、初心者の句作における紋切型表現の点検を通じて、日本人に通有の発想をありありと浮かびあがらせたことである」

どんなことかというと、右記の文言のあとにも例示があるが、本解説の冒頭の方が分かりやすいかと思う。

「年が明けると『孫の手』を引いて『古き社』に詣で、初日を『背に負うて』帰る。水『ぬるむ』ころともなれば、花は『ほころんで』で『ほのか』に香り、空が『澄め』ば心も『澄み』、『子らの瞳《め》』はいつも『つぶら』……、なぜか『柿一つ』枝に残る。……」

もう少し冒頭の文言は続くが省略し、「この本のわけてもおそるべきは、……」の後に続く一節から一文を引く。

「……。『一つ』だけ枝に残った柿はきまって『夕陽』に照らされている。……」

一つだけ残った柿が夕陽に照らされている情景を思い浮かべてみれば、いかにも日本の秋の風情が忽然として目に浮かぶのではないか。阿部筲人は、そこから出発しては遠回りだと述べているのである。

それではどうすればいいのか。私は次のように考えた。

本書の「序の章」の「一　すべての初心者の同じ過誤」と向井　敏の「解説」の冒頭の一節と、初心者の句作における紋切型表現の点検を通じて云々の後にある「カンナはいつも『燃え』、火蛾はつねに『狂う』。……、秋の夜は『長い』」、以上の三か所にあることを暗記して、とりあえずそれらは作句に使わないことである。そう私は考えた。

ここまでの引用は、全文引用とすべきであろうが、ページ節約のため部分的な引用にとどめたので、本書そのものを参照されたい。

第二点は「省略の極限」ということである。

これは「第二部　俳句の道」の一節である。この第二部は、俳句らしさをどう表現するのか、について書かれた本書の本論である。そしてその中には「五七五の形の崩れ」「三段切れ俳句」「や・かな俳句」「季重なり」など作句上の個々の技術面について詳しく触れられているが、私は「二四　省略の極限」が、もっとも大切な部分であると考えた。

著者はこれを次の句を使って説明する。

「秋の月を仰ぎ眺めて思い千々」

俳句では月は秋と定められているから「秋の」はむだである。「仰ぎ眺めて」もむだである。「月」を示せば、「仰いだり・眺めたり」していることは含まれている。とする。

すべての物事は「作者の眼前に現実に存在している立場」であるから、「見た・眺めた」はむだであり、それを拡張すれば「雨が降る・風が吹く・日が照る・月が輝く、冴える」などの物の姿を表す動詞はむだである。「思い千々」についても、月をみればだれも感懐を催すので、言うのはむだであるとしている。

著者は「事物直指」という言葉を用いて、事物を指示すればその通りに目に浮かべてくれると述べ、省略の極限を理論化していると私は考えた。

三つめは、「向こう側の言葉」で作るということである。これは「具象性」という節の中の大事な言葉である。

著者は「向こう側の言葉・こちら側の言葉」を区別し、向こう側の言葉だけで仕上げよと述べている。その定義は、名詞で言えば、具象名詞を向こう側の言葉としている。外界の森羅万象に名づけられた名前、目に見える名詞であるとしている。動詞については、具象名詞の状態や状態の変化を示す言葉としている。それが向こう側の言葉である。一方副詞・形容詞であるが、これについては具体的な定義は与えられていない。私は、向こう側の名詞にじかに付属する形容詞などは向こう側の形容詞となるのだろうと思う。

しかし、著者が人に示す最初の例として挙げた飯田蛇笏の句、

「くろがねの秋の風鈴鳴りにけり」

の句の解説でこう述べている。

「ところでこの『くろがね・秋・風鈴・鳴る』の四語は、皆完全に向こう側の言葉であります。

……。警戒すべきは副詞・形容詞ですが、それは一つも混っていません」
副詞・形容詞は向こう側の言葉からは多少遠いところにあると考えているのではないか。向こう側の名詞・動詞で作句せよとしているのではないか。私の推論である。

（『架け橋』No.21　平成28年）

わが俳句事始

世の中、教えて教えられないことはない、というのが私の信条である。どういうことかというと、人間の考え、感情、情緒などそういったもろもろの心の働きとでもいうものは、脳のなかの神経細胞でみれば、すべては０と１の選択の組み合わせであろう。たとえば１１０１００１１といった数字の流れになっているはずで、その数字の流れは言葉で置き換えられると私は考えている。そこから飛躍するが、俳句も教えることができるに違いないと考えている。

俳句を始めてから二年ぐらいたったが、俳句はひどく難しい。教えられると言っておいて難しいもないものだと思うが、それは突き詰めてみれば、「俳句の味わい」を知らないからである。それに似た言葉として「俳味」がある。この意味は、前者で私が使っている意味とは少し違うと思う。前者は、俳句の独特のおもしろさである。「俳句の鑑賞性」とでも言い換えられよう。俳味については、諧謔性が求められているらしい。そして私には、俳句独特のおもしろさを感じ取れないから難しく感じるのである。

「俳句独特のおもしろさ」を求めて、文芸結社「架け橋」(主宰、二ノ宮一雄)に入り、俳句作りを習って二年ほどたったところである。毎月一回の句会に参加し、また毎月五題の兼題が主宰から送られてくるので、それにも応募しているが、佳作にさえ選ばれたことはほとんどない。

そんな状況で「私の俳句作法」について書こうというのは、生意気で無謀である。それは承知の上で、二年たった状況の生意気さかげんを書き残しておこうということである。

ところで主宰はしばしば「俳句は自得の文芸」だと言う。これは俳句のおもしろさは自分で自然と会得し分かるようになるという意味であるらしい。とうぜん教えられるものではない。

何かを「自得」しなくてはならない。ただし、それは漠然としたものでもいいと思う。なぜなら漠然とした何かを得て、その結果詠む句が主宰の「俳句の味わい」の範疇に入るものであれば、結果オーライで自得できているのである。私はそんな悠長な気持ちになれず、自分なりの俳句作法を考えた。

俳句の定義である。

「他人様を今日は担げる四月馬鹿」

「四月馬鹿」という季語が入っていて五七五になっており切れ字もある。私は四月馬鹿と体言で止めてあるから、そこが切れ字だと思う。だから俳句と言えば言えそうであるが、事実を述べただけで、味わいのある俳句ではあるまい。

右に述べた季語、五七五、切れ字が俳句の定義である。それぞれの定義は省略する。

味わいのある俳句を作るにはどうするか。味わいそのものを考察するのでもなく、自得を待つのでもなく、私が俳句を勉強している間に気がついたことが一つだけある。それは、二つの、ほとんど関係のない言葉を一句の中に用いて、それを五七五でつなぐと俳句になり、そのような作品が多くあるということである。そうして作った俳句はどうも味わいが出てくるようなのである。私が主宰から佳作だと言ってもらった句を例にとる。

「病棟の冬の満月救急車」

病棟を一つとすると三つになるが、とりあえず病棟の満月が一つ、救急車が一つで二つだと思う。二つは本来何の関係もない。それを並べて述べてどうなるのかということであるが、なるのである。病棟の上の冬の満月と救急車が十七文字の中に押し込まれると詩情が出てくるらしいのである。後の方に紹介する「だいこん屋主人」の言葉を借りるとそうなる。

二つをつなぎ合わせるという俳句の作り方を「竹林変人」という人が解説している。

「『俳句講座』竹林変人」（URLは略す）に以下のようにある。要約して示す。

俳句の作り方には大きく分けて、二つの方法がある。それをふつう、

○一句一章の句（一物の句）

○二句一章の句（配合の句）

という。

一句一章の句は、一つの対象を深く鋭く観察して作者独自の発見をしようとする句である。二句一章の句は、二つの物を組み合わせて幅広い連想を起こさせたり、一幅の絵画を思わせたりする句であ

る。初心者はまず二句一章の句作を身につけることを勧める。

　また「ＢＥ—ＰＡＬ」二〇〇五年一月号の「だいこん屋主人のビーパル句会」（第一三回）という作品には、俳句には暴力的飛躍があるという意味のことを言った後、寺田虎彦に次のように言わせている。

「この幻術の秘訣は何処にあるかと云へば、それは象徴の暗示によって読者の連想活動を刺激するという修辞学的（レトリック）な方法による以外はない。（中略）暗示の力は文句の長さに反比例する。俳句の短いのは当然である（俳諧の本質的概論）」

　私には以上の二つとも本当の意味は分からないでいるが、連想を極限にまで推し進めて俳句の暗示するものをとらえるのである、と言っているように思える。二句一章の句はこれが容易であるという。

　だいこん屋主人が一年間の総括で天位にあげた句、

「古本の諸処に傍線夜長かな」

　の解説に以下のようにある。

「古本の傍線と夜長とは、本来何の因果関係もないのですが、これが十七音の中に押し込まれると詩情が滲みでてくるのです」

　二つの因果関係のない事象をとらえ、そこから連想をたくましくして見る、それが俳句独特のおもしろさである、らしい。

　ここからなら教えられるのではないか。


（『架け橋』No.25　平成29年）

シンギュラリティと「感性」

シンギュラリティが完成したとき、人工知能（ＡＩ）は「感性」を支配できるだろうか、ということを考察しようとした。

シンギュラリティとは、もともとは気象用語で特異日のことである。ある天候が特定の暦日に高確率で現れることをいう。四月二十三日の霜、八月十二日の猛暑、十一月三日の晴天などがある。これは『ｉｍｉｄａｓ』（集英社）一九九七年別冊付録の『カタカナ語・欧文略語辞典』によった。そういえば前回の東京オリンピックの開会日十月十日も、晴天の特異日だったのではなかったか。

転じて、いずれＡＩが人間の能力を超える日がくることになるそうだが、そのときのことをシンギュラリティというらしい。二〇四〇年だか四五年だかにシンギュラリティが達成されると言われている。そうしたら文学の基礎である「感性」をＡＩはどう取り扱うのか。そのことを私がない知恵をしぼって自分なりに考えてみた。

さて感性である。

『新明解国語辞典』の説明を私が解釈すると、外界の刺激に対する直感的な心の働きで、情緒に関するものである。

「直感的に」ということを私はうまく説明できないが、芸術、文学や美術を読んだり見たりし、時に作ったりしたときに起こる心、つまり脳細胞の反応だと思う。

反応であるから脳細胞は働いている。脳細胞は一と〇の反応をするが、システムになった細胞のすべての反応の結果はまだ「感性」として意識されない。シンギュラリティの時代のＡＩは当然そのシステムとしてのその反応は表すことができるに違いない。

シンギュラリティの時代、例えば俳句をとる。ＡＩは、あらゆるほとんどすべての俳句を読み、そこから演繹して俳句を作ることができるだろう。それは見事なものである。そしてその俳句から人が何かを受け取れば、脳細胞が反応する。

人が俳句を受けとっている時の脳細胞の反応とそのつながりは追いかけられる。人はその反応を「感性」で受け止めるが、いい句だと感じているだけで、「感性」で受け止めたとは感じていないのだと思う。しかし、「感性」で受け止めたと人が感じた時、ＡＩはその言葉を理解し、いい句と感じたのは感性によったのであると理解するのである。

（木村治美のエッセイ教室「つづれ織り」第29集　２０１７年）

四章　私の俳句遍歴

ミニバラ

初雪は庭の面の薄化粧
耳鳴りを聞いていたのは初夢か
水仙の咲かぬ今年でありしかな
木枯やわが耳鳴りを凌駕して
ミニバラの一つだけ咲き寒に入る

無人駅

一株の山吹咲かせ無人駅

（『架け橋』No.7　平成25年）

風避けて春の蚊窓にをりしかな
彼岸かなわれも少しのもの思い
つくしんぼごみに交じりて生ひてゐし
春の虹見たるうれしさ妻に言ふ

（『架け橋』No.8　平成25年）

靖国神社

靖国の杜の深くに蝉の声
靖国の神社に屋台氷水
山百合の一輪見えて山深し
一陣の風のにほひに夏深む

夏つばめ蓮田の上を二羽三羽

（『架け橋』No.9　平成25年）

雲一朶

晩秋やまだやることを残しゐて

水澄みて映してゐたる雲一朶

金木犀通り隔てし生け垣に

菊人形芝居知らねば木偶人形

赤い羽根政治家だけがさしてをり

（『架け橋』No.10　平成26年）

出雲崎

寒雷は荒海起こし出雲崎
冬深む足音冴えるアスファルト
初氷割る楽しみの少なくて
冬桜酒と作句のわが師かな
鴨猟の音せり窓のかなたより

女房殿

山ほどに苗木を買へる女房殿

（『架け橋』No.11　平成26年）

春夕日子らの行く末いかならむ

残雪の富士をさかなに茶屋遊び

石割の彼岸桜と写真かな

初蝶や雨後の畑土よみがえり

碓井道

濡れしシャツ着たまま夜営登山隊

山霧や二度と越えまい碓井道

小さくも一輪凛と向日葵は

夏深し社の中より人の声

（『架け橋』No.12　平成26年）

球児らの駆け抜けてゆく油照り

（『架け橋』No.13　平成26年）

サンフランシスコの橋

鹿二頭サンフランシスコの橋渡る

行く秋や愛人と行くしづか亭

木の実落つ拾ふ人なき筑波路を

コスモスの揺れる街道疾駆せり

バーベキュー町内会の秋の暮

（『架け橋』No.14　平成27年）

スケート靴

スケート靴履けばリンクが寄つてくる

窓越しに明かり照らして雪見する

寒の雨今日は鵯やつて来ぬ

実南天ライトの上にはんのりと

食ひ物をかかへて路肩ボロ市で

蓮田

初燕蓮田の上を低く飛び

（『架け橋』No.15　春季号）

水温む蓮田に苔の繁茂して

林から唄にならない初音くる

木の芽時母の法事の時となり

風車近頃孫も見向きせず

（『架け橋』No.16　平成27年）

氷水

氷水小さな山の頂で

五月雨の中を居酒屋あとにせり

顔に来て初めて気づき蜘蛛の糸

夏の朝鶯のほか声のなき

炎天で水遣る幼児水を浴び

（『架け橋』No.17　平成27年）

桜紅葉

朝の庭桜紅葉の葉が一枚

出窓より通り眺める良夜かな

やはらかく差し込む秋の朝日かな

大学の池の鯉へと柳散る

秋彼岸庫裏の上なる青き空

（『架け橋』No.18　平成28年）

別れし人

冬すみれ別れし人を思ひ出し

電線に小雨にらみて寒鴉

白菜の一畝目立つ広き庭

株式の損切りをして冬深し

ピラカンサ冬の椋鳥食ひ尽くす

初蛙

早朝の小さき一声初蛙

（『架け橋』No.19　平成28年）

残雪を根元に集む屋台村
花冷えに霊まだおはす硫黄島
木瓜の花末だ庭には色のなく
水温む吟行の人柔和なり

靖国の杜

靖国の杜空蝉の墓場なり
生垣のすきまに覗く白き百合
朝焼の鳥倒れ木に鳴きにけり
街路樹の花少なくて夏深し

（『架け橋』No.20　平成28年）

青柿のへたまで青く葉に隠れ
（『架け橋』No.21　平成28年）

雀

冷やかな雨降る朝の雀かな
渡良瀬の鉄道沿ひの野菊かな
くもり空明かりをさがす月見かな
補聴器をつけこほろぎの聞こえたり
英会話枝豆で酒飲みながら
（『架け橋』No.22　平成29年）

良夜

亡くなりし母と見ている良夜かな

硫黄島霊まだおはす良夜かな

靖國に帰りたき霊の良夜かな

社まで続く敷石良夜かな

光さし森黒々と良夜かな

帰りたき世を一人問ふ良夜かな

鉄道の通わぬ町の良夜かな

単線の車輛の窓の良夜かな

筑波峰の黒き姿の良夜かな

塔の上を雲の流るる良夜かな

街頭を超へて明るき良夜かな

出窓より通り眺める良夜かな

人通り絶えし団地の良夜かな

子供らと見ている今日の良夜かな

立つて見る座つても見る良夜かな

黒屋根の車庫の上なる良夜かな

警官がパトロールする良夜かな

雑草の茂る蓮田の良夜かな
救急車犬の遠吠え良夜かな
路地裏を猫が通りし良夜かな
この酒を飲む程に酔ふ良夜かな
しこたまに飲んで上野の良夜かな
生きてきて今日も生きてる良夜かな
広っぱにわが影の立つ良夜かな
愛人と見る外苑の良夜かな
君と行くしづか亭での良夜かな

君と見る東京駅の良夜かな

屋台船しゃみの聞こえる良夜かな

百歳になつても見ている良夜かな

仏壇に今日の良夜を報告し

（『架け橋』創刊7周年記念賞　俳句部門奨励賞　『架け橋』No.22　平成29年）

冬の満月

病棟の冬の満月救急車

冬桜上野の森にひそと咲き

冬深し相撲取りまで首すくめ

寒稽古弦音冴える当たりかな
狸さん森割る車道渡れます

（『架け橋』No.23 平成29年）

売り地

風強く若草ゆれる売り地かな
春風や展覧会に並ぶ人
雉鳴くや荒れた蓮田にただ一羽
柿の木の芽吹きて庭の賑はひぬ
満開の桜一本森の前

（『架け橋』No.24 平成29年）

葦切

葦切のよく鳴く朝のひかりかな

校庭の隅の花壇や茄子の苗

国道の爆音とどく熱帯夜

珍しや団地の空地草いきれ

外来の芥子の花満つ無人の家

老夫婦

秋彼岸一つ影曳く老夫婦

（『架け橋』No.25　平成29年）

名月や駅舎に響く時計かな
椋鳥や可愛ひ傘が公園に
新蕎麦や香にふれし夜の子等の声
鹿の鼻しのつく雨に黒々と

（『架け橋』No.26　平成30年）

あとがき

「発端は今年の年賀状である。佐野孝志氏がこう書いてきた」で始まる「竹を食う」が本書の発端である。

平成二十四年の年賀状で佐野氏は、竹粉を食品にする可能性に挑戦していると言っていた。それを読んで私は、氏は竹を食べ物にしようと考えていると思った。とっさに「パンダじゃあるまいし竹を食うなんてできるわけがない。何とだいそれた話だ」と思った。そしてぜひお話をお聞きしなければならないと考えた。

そのお話は、氏の生い立ちも交えて聞かせてもらった。私にはとてもおもしろく感じられたが、お伝えできてないとすれば筆力のせいである。しかし氏は「竹」の利用に関して研究会を起こしているので、興味を持たれた方はぜひパソコンを検索してもらいたい。

佐野氏のお話を聞いてまとめた結果、自分としてはいい作品になったと大満足できたのでそれに味を占めた私は、自分の知り合い、できれば年の近い人達にお願いしてお話を聞かせてもらい、それを文章化できないかと考えるようになった。その最初が「糖尿病治療薬を作る」であった。幸いこの作品は二ノ宮一雄主宰が編集発行している「架け橋」において、「第一回架け橋賞随筆部門佳作」に選んでいただいた。

しかしお話をお聞きしてまとめるという作業は、順風満帆ではなかった。三人ほどには、お話を聞かせてもらうことを断られてしまった。そこで私が読みたい本を著者の紹介だと思って書き始めた。それらを「身近の偉人たち」としてまとめたのが本書である。分量がまだ不足すると思って、「架け橋」に投函した俳句に関する私の思いと同書に公刊した俳句とを載せた。

【著者紹介】

小杉山　基昭（こすぎやま　もとあき）

〔略歴〕

生年月日　1942年5月24日　千葉市に生まれる
1968年　東京大学大学院農学系研究科修士課程畜産学専攻修了
　　　　厚生労働省研究員
1971年　農林水産省研究員
1988年　茨城大学農学部教師
2008年　茨城大学農学部定年退職、茨城大学名誉教授

〔出版歴等（豊丘時竹、小杉山基昭）〕

1999年　『引用されなかった研究』（豊丘時竹、生涯学習研究社）
2003年　第四十八回日本随筆家協会賞受賞『身から出た錆』（豊丘時竹）
2003年　『平素の戯言』（豊丘時竹、日本随筆家協会）（『身から出た錆』含む）
2011年　文芸家の会『架け橋』入会
2012年　カシオペア旅行（小杉山基昭、文藝書房）平成24年度第八回日本詩歌句随筆評論大賞奨励賞受賞
2014年　糖尿病治療薬を作る（小杉山基昭）平成26年第一回架け橋賞随筆部門佳作
2017年　良夜（小杉山基昭）「架け橋」創刊七周年記念賞俳句部門奨励賞

私の原点

『一つのメルヘン』（中原中也）、『みずうみ』（シュトルム）、『硫黄島に死す』（城山三郎）。この三つが私の心の原点です。前の二つは、人恋しい時代、私の心を激しく揺さぶり、しかしいつのまにか消えていました。硫黄島は、自由奔放に生き、国家のために死んでいった西竹一について書かれています。ひそかにその生活にあこがれました。これは今もどこかに生きています。豊丘時竹の竹は西竹一から一字いただきました。

一方、書くことの原点は、恨みつらみの解消でした。

昭和43年（1968）4月1日に研究職公務員になり、平成20年（2008）3月31日に定年退職するまでの四十年間、私は生物関係の研究に携わってきました。研究論文という形で成果を発表してきましたが、これは普通に言うところの文章とは違います。少し恨みを持ち始めていた私は、それを何かにぶつけたくて文章を始めました。その後、昭和62年（1987）4月にＮＨＫ学園の文章講座を受講し勉強することにしました。以来、文章の講座を続け、現在は「木村治美のエッセイ教室友の会」を受講しています。

書けば見てもらいたくなります。『カシオペア旅行』を執筆開始した時期に「文芸家の会『架け橋』」に入れていただき現在に至りました。以来、本名で執筆しています。

文章を勉強しだしてから分かったことが一つあります。私には無から有を創作する力はないということです。本を読み講演を聞き、それらを取りまとめて自分の糧にする。そんな書き方が一番向いていると感じました。その出発点は昭和59年（1984）です。役所での会議の議事録をつくる仕事が一年間与えられました。それを上手に添削してくれたのが上司のＫＴさんでした。このときから文章を書くことが苦でなくなりました。

竹《たけ》を食《く》う　——私《わたし》の身近《みぢか》の偉人《いじん》たち——

2018 年 12 月 3 日　第 1 刷発行

著　者 —— 小杉山《こすぎやま》　基昭《もとあき》

発行者 —— 佐藤　聡

発行所 —— 株式会社 郁朋社《いくほうしゃ》

〒 101-0061　東京都千代田区神田三崎町 2-20-4
電　話　03（3234）8923（代表）
FAX　03（3234）3948
振　替　00160-5-100328

印刷・製本 —— 株式会社東京文久堂

装　丁 —— 宮田　麻希

落丁、乱丁本はお取り替え致します。

郁朋社ホームページアドレス　http://www.ikuhousha.com
この本に関するご意見・ご感想をメールでお寄せいただく際は、
comment@ikuhousha.com　までお願い致します。

　ISBN978-4-87302-683-1　C0095
日本音楽著作権協会（出）許諾第 1809789-801 号